本书获湖北第二师范学院湖北方言文化研究中心科研平台支持

本书获湖北第二师范学院文学院国家一流专业建设经费资助

本书为湖北省人文社会科学重点研究基地湖北方言文化研究中心重点基金项目
（项目编号：2021FYZ002）研究成果

晚清小说『新人』形象研究

方越 著

社会科学文献出版社
SOCIAL SCIENCES ACADEMIC PRESS (CHINA)

目 录

绪　论

择取"新人"这一维度用以观照和探究近现代中国小说的文学想象，缘于笔者对目前晚清小说研究内容上的困惑。近年来，对小说作品中"新人"形象的研究，多出现于中国现当代小说，主要是"十七年"文学的范畴中，而对晚清小说中的"新人"形象则未见涉及。无论是作家还是评论家，文化界对文学作品中成熟的"新人"形象的呼唤都从未断绝。自20世纪初始，中国的思想界、文化界就存在着一种呼唤"新人"英雄的冲动，对英雄的期待体现着对现代性的追求，但这种殷切的呼唤并未在文学中获得应有的回应。自晚清小说中开始出现具有现代精神的"新人"萌芽，直到新中国成立后的"十七年"文学，这种渴望新英雄形象出现的时代焦虑始终伴随着文化精英苦闷的精神历程。询唤"新人"的急切与期待"新人"的焦虑同步而行，伴随着20世纪中国漫长且剧烈的社会转型。当学界大多将目光聚焦于"十七年"文学中的"新人"形象时，却或多或少地忽略了文学史发展的自身谱系的演变。当代作品中的"新人"形象不是凭空创造出来的，而是经历了历时性发展的，是经过晚清、现代漫长的时间演化最终形成的，晚清小说中出现的带有现代意味的"新人"形象可谓是其源头。晚清的小说创作，转变了中国小说的传统叙事模式，学习西方小说的创作技巧，并结合中国古典文学传统，因此成为中国古代小说迈向五四新小说的转折路口,晚清的"新小说"也就成为中国小说转型的关键点。对晚清小说中"新人"形象的研究,有助于五四小说、"十七年"文学中的"新人"形象的继续深入挖掘。

一 "新人"的概念厘定及社会背景

(一)概念辨析——何谓"新人"

本书首先要解决的问题便是何谓"新人",什么样的人物形象可称为"新人"。从词源上来考察,"新人"的说法最早来自车尔尼雪夫斯基的《怎么办?》,但是他的用意与我们要研究的"新人"并不完全相同。笔者认为,"新人"是一个历史概念,是在不断发展的,难以一言以蔽之。文学中的"新人"形象,是一个动态的形象体系。"新"是相对于"旧"而言的,就本书的研究内容来说,晚清小说中的"新人"形象是相对于封建传统小说中的人物而言的。晚清小说中的"新人"诞生于前所未有的社会大变革时代,是晚清时期的知识分子接受了多元文化思想之后的产物。梁启超在《新民说》中指出,"旧民"之"旧"主要体现在:奴性、愚昧、自私、好伪、怯懦,缺乏国家思想,没有公共观念、群体意识,缺少权利和义务的国民观念,等等。随后梁启超从倡导公德,破除奴性,发展民权等多个方面论述如何培育理想的"新民",强调欲强国必先强己,欲强己必先克服自身的劣根性,塑造出具有现代社会公民理念的新人,养成一代"新民",从而实现人的现代化,达到强国的最终目的。晚清时期关于"新民"的思想主张反映到小说创作中,就是"新人"形象的出现。笔者将"新人"形象概括为:具有独立性、主体性的民族新人,以挽救民族危亡为己任,追求民主和平等,致力于改良群治,实现民族振兴,以求构建出富强文明和谐的"新中国"。

对"新人"概念的阐释,要从不同的方面来看。首先,晚清小说中的"新人"属于历史范畴。"新人"不是一个既定的概念，它不是先验的、自发的存在，相反"新人"是一个观念性的范畴，它是动态的，是在不断发展之中的，也就是说，在不同的时代，"新人"会以不同的面貌出现，它的外延和内涵是在不断丰富、不断发展之中的。这一时代的"新人"，在下一个历史时期也可能成为"旧人"，"新人"的概念是被不断丰富刷新的。其次，"新人"是一个逻辑存在。"新人"首先是一个人，也就是说，作为"新人"，首先是一个完整的人，具备人之所以为人的一切要素。"新人"主要指向的则是作为人的独立性、主体性等特性，以及他的个性，个人的自我发展等各方面。因此，"新人"是一个类的概念，它指的是人的一种存在方式，或是存在的一种可能。"新人"也是一个特指的概念，它指向每一个具体的人，放在晚清小说之中，它指的就是在民族主义和现代主义思潮的裹挟中，应运而生的具有独立性、主体性的以挽救民族危亡为己任，以构建富强民主的新的国家为目标的人物形象。最后，"新人"之所以能够浮出历史地表，并不是自生自足发展起来的，"新人"本身是一个非常复杂和多层次的范畴，它涉及与之相关的概念族群，可以从不同层面和参照框架中展开，比如政治、民族、伦理、心理等，"新人"的意义正是在这一系列的符号系统之中得以发展。故而，对"新人"这一概念的厘定，要从多个方面、多角度来进行观照。

（二）问题缘起——晚清社会样态

近代中国一个显著的特点是变动既剧烈又频繁，晚清时期的人们经历了"数千年未有之大变局"，这是一个社会转型和变革极其迅猛的时代。在进入具体的作品分析解读之前，笔者想先概括一下本书中使用的"晚清"一词的具体概念。一般来说，"晚清"是一个历史学的概念，在历史学者的心目中，"晚清"指的是从鸦片战争爆发的1840年，至中华民国成立前的1911年之间的历史时间段。虽然"晚清"在中国历史上只持续了半个多世纪的时间，但是它却包含了清朝在西方列强的侵略下逐渐进入世界政治体系的过程，与之伴随的是中国社会内部的政治、军事、经济、文化上的各项变化，以及中国思想界、知识界内部应对西方现代化的冲击而展开的不同道路的选择。它是在外部环境的胁迫下从帝国体制向现代民族国家体制的转型，因而具有不同的价值取向和复杂的性质。

1840 年的鸦片战争被史学界视为中国近代史的开端，从这时起，晚清时期拉开了序幕。中国近代史研究领域的专家胡绳在祝贺《近代史研究》创刊 100 期时就重提一个观念："把 1919 年以前的八十年和这以后的三十年，视为一个整体，总称之为'中国近代史'，是比较合适的。这样，中国近代史就成为一部完整的半殖民地半封建中国的历史，有头有尾。"① 将"晚清"这一时间段确定为自鸦片战争至辛亥革命，是目前学术界比较通行的观念，得到了大多数海内外学者的认同。如小野川秀美的《晚清政治思想研究》②，以鸦片战争以后的洋务运动为讨论的起点。孙广德《晚清传统与西化的争论》③ 亦认为晚清起自鸦片战争，中国近代史亦自这场战争开始。康来新的《晚清小说理论研究》④ 也将晚清年限确定为鸦片战争至辛亥革命之间，汪林茂的《晚清文化史》也将晚清确定为 1840 年至 1911 年这一时期："中国文化史这条绵延悠长的大江河，晚清 70 余年是它从崇山峻岭、内陆原野冲向蔚蓝大海的路途中关键性的阶段。比起前此的数千年路程，它虽时间较短，却是曲曲弯弯，波澜迭起，水流湍急，壮观而又多变。说它关键，是因为在中国文化数千年发展史上，晚清时期——

---

① 张海鹏：《关于中国近代史的分期及其"沉沦"与"上升"诸问题》，《近代史研究》1998 年第 2 期。

② 〔日〕小野川秀美：《晚清政治思想研究》，林明德、黄福庆译，（台湾）时报文化出版事业有限公司，1982。

③ 孙广德：《晚清传统与西化的争论》，台湾商务印书馆，1982。

④ 康来新：《晚清小说理论研究》，（台湾）大安出版社，1986。

1840 年以后——是一个承上启后的大转折历史阶段，即文化从传统跃入现代的转折期。"① 任访秋的《中国近代文学史》也将晚清开始的时间确定为 1840 年鸦片战争："1840 年中英鸦片战争的爆发，揭开了中国近代史的序幕，中国近代文学的发展也由此开端。"② 由复旦大学中文系编著的，1960 年由中华书局出版的《中国近代文学史稿》，所论述的文学史时间范围也是自鸦片战争至辛亥革命。其中鸦片战争至甲午战争这一时段为第一个时期，这是近代中国社会大转变的开始，政治、经济、文化都发生了巨大的变化，这一时期主要的文学形式是诗歌和散文，带有政论性质的散文发展较快；从甲午战争到中国同盟会成立（1905 年），为第二个时期，同盟会成立之后一直到辛亥革命为第三个时期，在这两段时间中，小说成为晚清兴起的主要文学形式，各种题材的小说作品层出不穷。故而，"晚清"一词在小说史学者眼里，时间范围一般更加具体。阿英编著的《晚清文学丛钞》小说戏曲研究卷所涉及的材料是始自同治十二年（1873）前后，而他的《晚清小说史》所列举的小说文本则大致介于 1899 年至 1911 年之间。

　　综合对"晚清"、中国近代史以及晚清小说的考察，笔者将本书的研究范围确定为戊戌变法前后直至辛亥革命爆发前后的这个时间段。自戊戌变法最终失败之后，中国思想界知识分子开始更加注重现代思想的启蒙，着意塑造新的主体、新的国民。这也是晚清小说兴起和迅速发展的时期，出现了多种不同题材和丰富内容的小说作品，直接反映了晚清时期的社会变革与思想文化情况。直至 1912 年清帝退位，宣告中国封建王朝制度彻底的覆灭，"晚清"才逐渐淡出了历史舞台。

　　清道光年间，鸦片战争爆发，1840 年也被定义为中国近代史的起点。1840 年以前，中国闭关锁国，整个国家相对封闭，与国际社会交流甚少，是一个封闭独立的封建国家。自晚清政府与英国签订首个不

---

① 汪林茂：《晚清文化史（修订本）》，安徽文艺出版社，2016，第 1 页。
② 任访秋主编《中国近代文学史》，河南大学出版社，2009，第 17 页。

平等条约《南京条约》之后,经历了清道光、咸丰、同治、光绪、宣统五朝的没落统治,加之西方列强无止境地对中国进行大肆的侵占掠夺,随着一系列不平等条约的签订,对国家和民族的伤害愈加严重。在外部侵略势力的不断入侵和压迫下,中国晚清由自给自足的封建专制国家逐渐沦为西方列强压制下的半殖民地半封建社会。面对这样的社会背景,中国晚清的政治、经济、文化各方面,无一不烙下帝国主义入侵的印记。不愿向西方帝国主义屈服的中国人民,比如自发组织起义的农民,资产阶级革命派和改良派,以及一批进步开明的先进知识分子,以保卫国家保卫民族为目标,开展救亡图存的社会运动,提出和倡导了众多救国救民的理念和路径,逐渐"开眼看世界"。因为国民之间存在着思想理念立场上的差异,所以国民内部也是矛盾重重,晚清时期是一段既有民族抗争,又有阶级斗争,同时又包含思想文化碰撞的复杂历史时期。在这段动荡不安的社会转型期,无论是政治经济还是文化思想,都在快速地变化,的确是"数千年未有之大变局"。

第二次鸦片战争于1857年爆发,1884年中法战争打响,1894年中日甲午战争爆发,1900年八国联军入侵中国。西方列强发动一连串的侵华战争迫使清政府签订了一系列的丧权辱国条约,例如《南京条约》《马关条约》《辛丑条约》等,大肆侵略中国主权,索取巨额赔偿,侵占通商口岸,在中国瓜分势力范围,从而达到干扰中国政治、获取巨额利益的目的。自1840年鸦片战争,中国开始沦为了半殖民地半封建社会,而直到1900年八国联军侵华,《辛丑条约》签订,从此中国彻底沦为了半殖民地半封建国家。

中国晚清在经历"沉沦"的同时也伴随着"上升"的元素,这种"沉沦"和"上升"在晚清时期是同时发生的。晚清政府在鸦片战争中损失惨重,他们终于认识到与西方列强之间的差距,于是发起了以军强国强为愿景的洋务运动,倡导"师夷长技以制夷",开设同文馆,掀开了中国近代化教育的新篇章。洋务派积极将西方世界先进的科学技术引入国内，创办近代军工企业，鼓励兴办各类民用企业，还派遣大批的青年学者留学西方。洋务运动加速了我国民族资本主义的发展进程，也对抵制西方资本主义的经济输入具有一定积极意义，同时还推动了近代化教育的发展。而北洋海军在甲午战争中的惨败，标志着这场 30 多年的洋务运动以失败告终，再一次揭露了晚清统治者的腐朽与软弱。甲午战败之后，接替洋务派走上晚清政治舞台的是资产阶级维新派。在内部矛盾和外部矛盾的双重危机下，先进知识分子和有觉醒意识的改良人士迫切希望能够通过变法来强国强军，一时间以"保国、保种、保教"为核心的改良维新思潮在全国传播。维新派宣扬维新思想，著书立说，创办《中外纪闻》《时务报》《湘学报》等报刊，还创立了强学会、保国会等社会团体，来宣扬自己的政治主张，宣传维新变法的思想。康有为作为发起人，在 1895 年与十八省会试举人一道，发动了著名的"公车上书"。1898 年，以康有为、梁启超为代表的资产阶级维新派，向光绪帝上书建言，主张学习西方先进的科学技术，改革政治体制和教育制度，加快推动农、工、商业等经济发展，这样一场充满资产阶级维新主义色彩的改良运动，就是"戊戌变法"，又叫作"百日维新"。维新派人士不仅推崇政治改革，同时在文学界掀起了一阵改良风潮。他们倡导"诗界革命""文界革命"，在百日维新失败后，由梁启超创办了《清议报》《新小说》《新民丛报》等刊物，提出要实行"小说界革命"，通过文学的力量来推动国民觉醒，启迪大众的民族意识和启蒙精神，推进社会改良。在维新派的影响下，小说、诗歌、散文等文学作品冲破了传统范式的约束，在文学创作上出现了一定程度的创新，其中小说创新尤为突出。正如《本馆附印说部缘起》中所说："夫说部之兴，其入人之深，行世之远，几几出于经史上，而天下之人心风俗，遂不免为说部之所持……本馆同志，知其若此，且闻欧、美、东瀛，其开化之时，往往得小说之助。是以不惮辛勤，广为采辑，附纸分送。或译诸大瀛之外，或扶其孤本之微。

文章事实,万有不同,不能预拟;而本原之地,宗旨所存,则在乎使民开化。"① 而后,梁启超的《译印政治小说序》和《论小说与群治之关系》,利用小说界革命来推进政治和社会维新改良。梁启超提出应该把小说界革命作为引领社会改良的核心动力,用新小说来推动和发展新民。"新小说"革新者将小说支配人道作为小说创作的出发点,既批判了"旧小说"中所包含的海淫海盗的思想,又极力称道"新小说"在发展新民和改善群治上的功能。梁启超这一套抬高小说地位的思想理论是符合晚清时期的宏观背景和客观现实的,而倡导小说要有益于世道人心的观念也与小说创作传统相契合,因此,对新小说的倡导在社会上并未受到大的阻力,再辅之以政治力量的推波助澜,小说一下子就变成了发展新民、改善群治的"大道",晚清小说界的繁荣局面就此打开。

小说界的欣欣向荣则不仅是近代文学发展的重大进步,更是中国文学现代化发展从开始到成熟不可或缺的组成部分。"欲新一国之民,不可不先新一国之小说。故欲新道德,必新小说;欲新宗教,必新小说;欲新政治,必新小说;欲新风俗,必新小说;欲新学艺,必新小说;乃至欲新人心,欲新人格,必新小说……故今日欲改良群治,必自小说界革命始;欲新民,必自新小说始。"② 这是梁启超 1902 年发表的《论小说与群治之关系》一文所提出的"小说界革命"的经典话语。梁启超以"新民"概念为出发点,引出了进行小说界革命和创作新小说的必要性。他在《新民说·论新民为今日中国第一急务》中曾提出"欲维新吾国,当先维新我民"的"新民"主张。他认识到:"夫吾国言新法数十年而效不睹者,何也?则于新民之道未有留意焉者也。今草野忧国之士,往往独居深念,叹息想望,曰:安得贤君相,

---

① 几道、别士:《本馆附印说部缘起》,陈平原、夏晓虹编《二十世纪中国小说理论资料(1897—1916)》第一卷,北京大学出版社,1989,第 12 页。

② 梁启超:《论小说与群治之关系》,《梁启超全集》(第二册),北京出版社,1999,第 884~886 页。

庶拯我乎？吾未知其所谓贤君相者，必如何而始为及格。虽然，若以今日之民德、民智、民力，吾知虽有贤君相，而亦无以善其后也。"①　因此，他得出这样的结论："苟有新民，何患无新制度？无新政府？无新国家？"旨在以新民为最终追求，借用小说作家的言论，推动国民思想觉悟的转变。梁启超把小说地位抬高的缘由，主要在于小说在叙事上的巨大优势，能够将他的政治主张表达得生动翔实又从容不迫。以"新小说"代替"旧小说"的小说界革命突出体现了晚清时期中国文学的进步。而错综复杂的国际国内环境和社会语境，也推动了晚清小说对于世界现代文学潮流的借鉴和吸收，孕育了晚清小说的现代性，推动了中国文学在主题思想、艺术形式、问题语言上的现代性变革，也因此诞生了晚清小说中丰富多样的"新人"形象。

（三）性质界定——晚清"新人"形象特征

本书主要从四个方面来描述晚清小说中的"新人"形象的特征，分别是独立性特征、主体性特征、民族性特征以及乌托邦色彩。晚清小说中的"新人"是晚清社会国民的代表，体现了当时具有独立自主意识的国民的最高素质。对于培育理想国民，梁启超有许多这方面的论述。梁启超于1902年2月开始在《新民丛报》上连载《新民说》，开篇就旗帜鲜明地表达了两层意思：第一，国民有待更新与改造，中国的民众民智未开，亟须进行道德和精神上的改造；第二，强国必先新民，国民是构成国家的基础，"苟有新民，何患无新制度？无新政府？无新国家"②，把国民的改造作为解救民族危机，建立富强国家的根本举措。总体来看，《新民说》的主要内容就是阐释塑造新民的必要性，培养新民的方法以及新民的原则、新民的意义。简而言之，新

---

①　梁启超：《新民说·论新民为今日中国第一急务》，《梁启超全集》（第二册），北京出版社，1999，第655~656页。

②　梁启超：《新民说·论新民为今日中国第一急务》，《梁启超全集》（第二册），北京出版社，1999，第655页。

民旨在呼吁全体国民经由自我改造，参与救国的伟大事业。可见致力于建构一套以新的国民形象为标志的社会价值和人格理想是当时知识分子的普遍需要。单从书名就能看出，梁启超将培育新的国民，塑造"新人"作为自己关怀和追求的对象，他在《新民说》中对"新民"的具体内涵作了系统的阐释。

作为封建社会末期的叛逆者和先觉者，梁启超首先敏锐地看到了中国人的"非人"本质，也就是奴性意识，他对缺乏独立意识的国人深感悲哀和愤慨，于是努力探寻病根所在。梁启超认为，独立和自由是国民应该具备的素质。因为奴性的主要心理是依赖，而依赖的对立面就是独立；奴性的主要表现是"由他"，而"由他"的对立面则是自由。梁启超对独立的含义做了界定："独立者何？不倚赖他力，而常昂然独往独来于世界者也。"① 故而，梁启超又提出："故今日救治之策，惟有提倡独立。人人各断绝倚赖……庶可以扫拔以往数千年奴性之壁垒，可以脱离此后四百兆奴种之沉沦。今世之言独立者，或曰拒列强之干涉而独立，或曰脱满洲之羁轭而独立。吾以为不患中国不为独立之国，特患中国今无独立之民。故今日欲言独立，当先言个人之独立，乃能言全体之独立；先言道德上之独立，乃能言形势上之独立。"② 他认为中国腐败不堪，不能独立的根源，就在于国民缺乏独立性，他还特别指出个人独立是最重要、最基本的国民素质。因此，独立性是晚清"新人"所必备的性格特质，它指的是晚清"新人"们开始冲破封建传统的桎梏，形成独立的个人人格，继而投身于社会改良运动与挽救民族国家危亡的系列活动之中。

要消除晚清普通民众的奴性意识，还需培养国民的主体意识。晚清时期是广大民众的社会身份由"臣民"向"国民"过渡的时期，人

---

① 梁启超：《十种德性相反相成议》，《梁启超全集》（第一册），北京出版社，1999，第428页。

② 梁启超：《十种德性相反相成议》，《梁启超全集》（第一册），北京出版社，1999，第428页。

民的社会性格由卑躬屈膝的奴性特征开始逐渐向平等开化的方向改变。晚清时期近代国家观念开始形成，国家主权意识也逐渐兴起，这是晚清社会人民的思想由奴性思维向主体意识转化的重要条件。"新人"的主体意识的表露，主要体现在对国家、对整个中华民族未来走向的主动思考和具体行动上。

晚清残酷的战乱纷争，动荡不安的政治局势，复杂的社会现状等共同构成了晚清小说中"新人"形象的民族性特质。近代中国受到西方资本主义列强不断地侵略，一批有识之士开始睁眼看世界，传统的"天下观"被打破，现代民族主义思潮逐渐发展成为一种强大的社会思潮。体现在晚清小说创作中，则是晚清小说中塑造的"新人"形象都基本具备了挽救民族危亡的民族意识与使命感。洋务运动、戊戌变法、清朝统治阶级发展的立宪运动等，都有力地促进了中国社会思想观念的解放，而庚子国变更是深深刺痛了所有中国人的心。这些事件都反映到晚清小说创作之中，体现了晚清这一特殊时期的国家局势、民众心理，以及中西文化之间的交互碰撞。"新人"形象的民族性内涵反映了面对当时西方列强的侵略，国家领土主权受到侵犯，国人开始意识到必须承担起拯救民族危亡的重任，将斗争的矛头指向了帝国主义与西方列强。本书所要探讨的晚清小说中"新人"形象的民族性特征，指的即是"新人"在对待西方各国外来侵略过程中，开始对自己本民族的现状有清醒的认识，具有对中华民族的强烈情感，继而体现出爱国救亡的民族性特点。

中国文学中一直有乌托邦传统，晚清小说家的政治理想和对现代科技的美好憧憬，使他们在作品中大胆地想象理想的现代民族国家，由此形成了晚清政治和科幻乌托邦小说的创作热潮。在这类作品中，自由民主的政治制度和先进的现代科技占据着作品的主要内容，开启了中国文学走向现代化的历史进程。同时，对现代民族国家的想象，有助于铸造晚清民众的国民意识，唤醒百姓们的爱国情怀，引领他们参与政治改良运动，这是很多主张启蒙的晚清知识分子所希望看到的，小说作为传达思想的重要媒介发挥了巨大作用，乌托邦小说由此兴起。本书所谈到的"新人"的"乌托邦"特征，是指该人物本身体现的空想性和理想性，这些"新人"追求具有乌托邦理念或精神的人间理想社会，但这个理想的社会是一种从未实现或永不可能实现的、虚幻的或不切实际的构想，因此凸显出这类"新人"形象理想的乌托邦特性。晚清小说中"新人"的乌托邦特性从一定层面上反映了当时知识分子对未来社会和政治环境的美好想象，也体现出了晚清社会各阶层的政治诉求。

综上所述，本书主要从四个方面来对晚清小说中的"新人"形象进行性质上的界定，分别是独立性特征、主体性特征、民族性特征以及乌托邦色彩。通过对这四个方面的阐释，系统地论述晚清小说中的"新人"形象的具体内涵，加深对晚清小说的理解认识，也有助于对五四小说、"十七年"文学中的"新人"形象的深入挖掘。

二 选题意义、研究现状和研究方法

（一）选题意义

文学作品中的"新人"形象是一个时代的风向标，反映着社会的发展变化与转型，对"新人"形象的审美要求与询唤体现了时代变迁的需要。对"新人"形象追本溯源，梳理其成长脉络以及与社会变革间的联系，有助于丰富目前晚清文学的研究成果。通过研究晚清小说中的"新人"形象，阐释其不同的文化思想内涵，表现其中存在的异质性和连贯性，以此观照文学谱系的演变和传承，从而将晚清文学放到历史中进行普遍的、关联性的研究，是很有意义的。

从理论层面来看，本书的研究首先有助于拓展文学史书写的场域，开阔研究视野。本书从跨学科角度，将文学与历史学、社会学、文化学、哲学等学科相结合，丰富了文学史书写的范围，将晚清"新人"形象的发展变化与当时社会转型结合起来考察，加深了文学与历史、文学与社会之间的联系。同时，以历史的、动态的眼光观照晚清文学中"新人"形象的丰富含义，考察其内涵的异质性与连续性，有助于开阔研究视野，较之单纯从文学和意识形态角度研究小说中的"新人"形象，更加具有历史深度。

其次，本书有助于推动"新人"形象在新时期小说中的发展。从20世纪初期开始，中国思想界就萌发了构筑"新人"英雄的诉求，对"新人"的呼唤实际上是中华民族追求现代化进程的重要表现，而这种时代焦虑始终伴随着文化精英苦闷的精神历程。本书将晚清文学作品中"新人"形象的研究与历史变迁、社会转型结合起来考察，希望能够将对文学的理解从相对狭窄和抽象的"文学与政治"的解释框架中解放出来，进入复杂的社会结构中，还原政治、社会改造在具体实践过程中的有效的感知经验，展现晚清社会文化语境的变化。"新人"体现了新型文化的塑造，展现的是一个文化再造的过程。近几年来当代小说中也出现了不少"新人"形象，对晚清"新人"形象的历史梳理，将起到追本溯源的作用，对推动当代文学中具有主体意识的"新人"形象的发展也有所裨益。故而，探究文学作品中"新人"形象的源流与发展脉络，有助于加深对社会、对文化的重新认识，也有助于积极健全的国民精神的塑造，这在日常生活实践中也是大有裨益的。

（二）研究现状

目前对晚清小说中"新人"形象的研究成果相对较少，晚清小说的研究主要呈现两大方向，具体如下。

一是对小说整体艺术形式的深入研究。在五四时期，鲁迅、郑振铎等人就开始分析和探索晚清小说的艺术形式和中心思想，是探索研究清末民初白话文小说艺术形式的开端。改革开放以来，以陈平原、王德威、张勐、马航飞等为代表的文人作家对清末白话小说积极研究探索，极大地丰富了这一方面的研究成果。陈平原在《论 "新小说"主题模式》一文中，对晚清小说的题材和主题进行了研究分析，他认为晚清小说主题存在由前期官场向后期情场转变的过程。在前期官场小说的主题中，主要有两种类别：一类主要展现官员 "忠奸对立" 模式的解构，另一类主要描述 "官民对立" 叙述模式的转换。在中后期情场小说中，也主要分两种类型：一类主要描述 "无情的情场"，另一类则主要描写 "三角恋爱"。文章后被收录进他的专著《中国现代小说的起点》中。在《中国现代小说的起点》中，陈平原基于整个小说史的发展历程对晚清小说进行了定位，他高度关注文体史的特殊性以及晚清时期特定文化特征，从更加广阔的视角剖析清末小说的语言艺术风格。而在同一时期甚至是更早时期，就有国外的文学研究者和作家对晚清小说叙事艺术进行研究，其中比较具有代表性的有捷克学者米伦娜·维林奇罗瓦，她的研究论文《论晚清小说的叙述方式》通过对中外小说叙事风格和艺术的比较来研究晚清小说的叙事特点。她认为晚清小说开创了新的叙事风格，并在现代中国小说中得以延续和继承，这在个人叙述文体中尤为明显。2005 年，王德威出版专著《被压抑的现代性——晚清小说新论》，他以 "狂欢化理论"、叙事的时空形态、民族主义与自我意识的辩证原型等小说创作理论，对清朝末期和民国初期的小说进行了重新分类，这对于小说史研究甚至是整个文学史的研究都具有重要意义。张勐在《清末民初短篇小说叙事初探》中运用叙事学理论，从小说作品的艺术形态出发，更加细致地区分了晚清小说在叙述文体、结构、叙事模式和语言上的类别。马航飞的《在情欲与伦理之间——论清末民初小说的情爱叙事》在研究了晚清言情小说的情爱叙事结构之后指出，小说中描述的这种情欲与伦理之间徘徊的姿态对后来五四新文化运动提出破除旧道德、旧文化起到了一定的启发作用。除了从外在的叙事角度研究晚清小说外，对其内在的价值观和思想内涵的研究成果也颇为丰富。汤哲声的《海派狭邪小说：中国清末小说的终结者》从探索晚清小说价值观和美学观的角度出发，通过对海派狭邪小说的大量研究，总结了其产生、发展和消退的过程。文茜的《论清末民初言情小说的主题形态与观念转变》，通过对晚清小说的主题观念进行研究后提出，言情小说主题观念的变化历程和清末民初小说创作观念的转变历程是相辅相成的。而在晚清小说语言研究方面，陈平原具有比较独到的见解，在《文白并存的小说文体》一文中，他认为白话文运动的发生对整个中国文学发展起到了重要的推动作用，是白话小说能在理论角度占优势并发展繁荣的重要因素。综合来看，无论是从叙事艺术角度，还是从主题思想角度，抑或是从语言类别角度，晚清小说的研究成果相对丰富，对文学研究具有十分重要的意义。

二是对晚清小说现代性的研究。21世纪以来，有关"中国现代文学史的起点"问题引发了文学界的广泛争论。王一川从文学活动的时空特征、文化语境、体验模式、媒介等多角度，对现代性这一复杂问题进行深入研究。在《晚清：中国文学现代性的发生时段》中，他认为中国现代文学的萌芽阶段应该是晚清时期。而更多的关注则是放在了现代文学史和五四的关系上。严家炎提出了将晚清文学作为现代文学史的源头纳入现代文学史书写之中的观点。他在《现代性：二十世纪中国文学的显著特征》这篇文章中指出，正是由于晚清文学与西方文学的碰撞孕育了中国文学的现代性特质，因此，现代文学史的起点应该是晚清文学。经过更加深入的研究后他发现，晚清文学从理论主张、相互交流、创作成就三个维度构建了新的文学特质，这正好佐证了自己将晚清时期作为现代文学起点的观念。王德威的《被压抑的现代性——晚清小说新论》则认为学者们不应该过度拘泥于五四典范，应该对中国文学的现代性进行重新审视，因此，他试图通过构建晚清小说历史与理论来阐明现代文学史的问题。耿传明的《清末民初小说中"现代性"的起源、形态与文化特性》，则以清末民初小说繁荣发展为现实基础，将晚清小说与五四新文学相联系，探索主题思想、文化观念和现代性的变化。另有一批研究者从新和旧、雅和俗的对比中来探究晚清小说和五四新文学的关系，其中比较有代表性的有范伯群、汤哲声。范伯群在《〈海上花列传〉：现代通俗小说开山之作》一文中认为自《海上花列传》开始，现代文学通俗小说由此兴起，是"中国文学古今演变的换乘点的鲜明标志"。同时，他在另一篇文章《为转型期的中国文学史破解疑案——推介樽本照雄的〈清末小说研究集稿〉》中，对一批被指认为鸳鸯蝴蝶派的"旧"作家的创作价值予以肯定，认为他们在晚清文坛上产生了非常重要的作用，指出这批作家在晚清文坛乃至整个中国文学史都具有不可或缺的地位和作用，正是这些作家的共同努力，才推动了小说在 20 世纪文坛的大发展、大繁荣。汤哲声也探究了清末民初鸳鸯蝴蝶派小说与五四新小说之间的联系，在《"鸳鸯蝴蝶派"与现代文学的发生》一文中，汤哲声通过研究鸳鸯蝴蝶派的现代性悲剧意识，结合传统小说叙事艺术和白话改造，以及现代文学产生机制的研究，阐述了鸳鸯蝴蝶派文学的现代性。在晚清小说和五四文学雅俗关系之辨的研究中，陈平原在其论文《清末民初小说理论概说》（见《二十世纪中国小说理论资料》第一卷）中指出，20 世纪中国小说之所以能够繁荣发展，其中很重要的动力因素就是这对雅俗关系的不断碰撞与磨合，而正是新小说在雅俗之间的循环往复历程以及新旧矛盾，才塑造了其过渡性文学的特质。

除此之外，关于晚清翻译小说、小说题材、小说人物形象、乌托邦小说等，也产生了大量的研究成果，其中以一批年轻学者为代表。复旦大学刘春水在其博士学位论文（2006 年）《沉重与恣意的书写：谴责、暴露及其他——以四大谴责小说为主要代表的晚清官场题材小说研究》中，基于晚清社会宏观背景，对晚清官场题材小说的时代背景、思想价值、叙事艺术、文学价值等进行深入分析。南开大学刘堃在其博士学位论文（2010 年）《晚清文学中的女性形象及其传统再构》中深入剖析了晚清小说中的女性形象，他提出这些女性形象已经超出了人物本身，是民族存亡背景下中西方文化碰撞后形成的新文化的拟人形象，这种用女性来比拟塑造一种新的引人注目的文化在文学发展中具有创新价值。华中师范大学周黎燕在其博士学位论文（2007 年）《中国近现代小说的乌托邦书写》中梳理了中国近现代小说中对乌托邦理想的构建与描写，分析了乌托邦思想对小说创作叙事艺术和想象方式的影响。

综上可见，近年来对晚清小说的艺术形式研究、现代性研究有不少交叉的现象，因此不能完全区别开来。尽管目前对晚清文学的研究已初步形成多方开拓的局面，但距离一个相对完整的体系还有一定距离。就其研究现状而言，对晚清"新人"形象的梳理至今还未有专门的研究文章出现。通过研究晚清小说中的"新人"形象，对"新人"形象的发展追本溯源，梳理其成长脉络以及与社会变革间的联系，有助于丰富目前对晚清文学的研究成果，具有总结与创新的意义。

（三）研究方法

本书采取文本细读法、文献整理法、比较分析法、社会历史研究等方法，对晚清时期"新人"形象的发展进行完整的梳理和总结，力求对此后现当代文学中"新人"形象的塑造具有借鉴意义。首先，将对本书涉及的所有文学作品进行细致的研究与文本细读，将晚清小说里涉及"新人"形象的作品进行细致的阅读和分析，选取文本中的"新人"形象，分析人物性格特点，并进行梳理和分类，归纳其总体特征；其次，通过对比分析，结合整个时代历史背景，将小说文本中的人物形象与已有的社会环境、历史走向进行对照分析，突出问题意识，以历史变革为观照，对小说进行细致的文本分析，概括"新人"

形象内涵的发展变化与文化特征,将文本与人物放置到当时的社会历史文化语境中考察,观察"新人"形象的演变反映的社会历史文化变迁;最后,运用理论知识来探讨晚清时期"新人"形象的发展脉络,通过对具体作品的文本细读,研究晚清"新人"形象的塑造与主体意识的建构,对晚清时期"新人"形象的发展进行完整的梳理,以阐明晚清小说作品中"新人"形象的内涵及特征。

第一章

熹微初露：新女性浮出地表

"戊戌变法"失败后，康有为和梁启超于 1898 年流亡日本，他们没有放弃救亡图存改良社会的志向，继续努力寻求变法改良的支持者，同时创办了一批宣扬改良思想的报纸杂志，继续改革社会启迪民智的事业。小说这一文体，因为它的通俗性和可读性，易于被大众接受，成为他们改革民智的有力工具。此时，距离辛亥革命爆发还有十三年，这时的晚清社会，便是辛亥革命和五四运动爆发前暗流涌动的前夜。

在这种社会环境下，群情激昂的中国知识分子，眼看着国家一日日地衰败，又受到日本明治维新和现代西方国家进步的启迪，认识到国家命运已经进入了一个新的关键时期。为这个新的时期的到来，晚清时期的知识分子从政治、军事、科学等各个方面进行了努力与尝试，反映在文学上，他们提出需要创造出面向整个民族的，而不是少数上流社会才能品味的文学。梁启超无疑是民族文学、国家主义观念的推行者与倡导者，1902 年他创办了《新民丛报》，这表明梁启超的思想观念到了一个新的起点。自从 1898 年戊戌变法失败，被迫逃亡日本，到 1902 年已有四年的时间。在这段时间里，梁启超更进一步地思考着挽救民族危亡的方法，他的新思想通过《新民丛报》得以展现。《新民丛报》的创刊号《本报告白》便直接指出："本报取《大学》新民之义，以为欲维新吾国，当先维新吾民。中国所以不振，由于国民公德缺乏，智慧不开，故本报专对此病而药治之，务采合中西道德以为德育之方针，广罗政学理论以为智育之本原。"① 提出了"新民"的主张。随后，梁启超著《新民说》，详细地阐释了自己的"新民"理想以及如何培育"新民"，在其中，小说作为启迪民智开展德育的工具，

———

① 梁启超：《本报告白》，《新民丛报》（第 1 号）1902 年 2 月 8 日。

被放置到了十分重要的位置。梁启超认为:"盖大地今日只有两文明,一泰西文明,欧美是也;二泰东文明,中华是也。二十世纪则两文明结婚之时代也,吾欲我同胞张灯置酒,迓轮俟门,三揖三让,以行亲迎之大典,彼西方美人,必能为我家育宁馨儿,以亢我宗也。"① 梁启超鼓励晚清小说家去塑造具有启蒙意义和前瞻意义的文学形象,推动理想国民的诞生,挽救民族危亡。同样,在夏曾佑看来,"中国人之思想嗜好,本为两派,一则学士大夫,一则妇女与粗人。故中国之小说,亦分两派,一以应学士大夫之用,一以应妇女与粗人之用。体裁各异,而原理则同。今值学界展宽,西学流入,士大夫正日不暇给之时,不必再以小说耗其目力。惟妇女与粗人,无书可读,欲求输入文化,除小说更无他途……而后有妇人以为男子之后劲,有苦力者以助士君子之实力,而不拨乱世致太平者,无是理也"②。体现了男性知识分子希望通过小说改造"妇女与粗人",最终达到"拨乱世致太平"的美好愿景。当时的知识分子普遍认为,"西学"这样的先进文化进入中国,要想起到改造、重塑国民思想的作用,就只能通过小说文本进行宣传和传播,这就是当时以梁启超为代表的一大批热衷西学和改良的知识分子都以极大的热情投入小说创作的原因之一。梁启超描述小说在欧洲各国产生的作用时说:"在昔欧洲各国变革之始,其魁儒硕学,仁人志士,往往以其身之所经历,及胸中所怀,政治之议论,一寄之于小说。于是彼中辍学之子,黉塾之暇,手之口之,下而兵丁、而市侩、而农氓、而工匠、而车夫马卒、而妇女、而童孺,靡不手之口之。往往每一书出,而全国之议论为之一变。"③ 他希望通过广大知

---

① 梁启超:《论中国学术思想变迁之大势》,《梁启超全集》(第二册),北京出版社,1999,第563页。

② 夏曾佑:《小说原理》,杨琥编《中国近代思想家文库·夏曾佑卷》,中国人民大学出版社,2015,第494~495页。

③ 梁启超:《译印政治小说序》,陈平原、夏晓虹编《二十世纪中国小说理论资料(1897—1916)》第一卷,北京大学出版社,1989,第21~22页。

识分子的努力，小说在中国也能产生如此巨大的社会效应，因此小说便被他推上了"文学之最上乘"①的地位，并在晚清社会的启蒙活动中发挥出巨大的作用。于是，当梁启超在自己创作的《新中国未来记》中畅想几十年后的理想中国图景时，关于理想的现代国民——"新人"的形象也逐渐形成了大致轮廓。《新中国未来记》发表后不久，许多以"新"为内容的小说相继出现，例如《新年梦》《新中国》等作品，还有当时影响比较大的《狮子吼》《东欧女豪杰》《六月霜》《黄绣球》《女狱花》等，都推动了晚清小说有关新的政治想象和新的理想人物的建构。在这些新小说中，晚清新女性形象进入我们的视野，带来与中国传统小说中的女性形象截然不同的精神风貌。

第一节　走上历史前台的新女性

在梁启超的"新民说"思想广泛传播的时期，整个晚清社会正遭受着西方列强和日本等现代国家日益严重的压迫。中国知识分子立志要将处于世界弱势地位的中国建构成为强盛的现代民主国家。在这种时代环境下，许多有识之士将目光投向了同样处于弱势地位的"中国妇女"，并将其作为建构现代民族国家的重要力量。由此，在晚清时期，"女性"与"现代国家"这两个词总是交织在一起，女性议题亦成为全国的社会议题。20世纪初是中国文学由传统向现代过渡的重要历史时期，也是中国的文人由传统士大夫向现代知识分子身份转型的重要阶段。晚清新小说是晚清知识分子通过赋予文学想象新的民族国家主体的功能，来实现现代化的一次尝试，亦是处于社会边缘的文人和小说这一文体实现自我中心化的一种努力。值得注意的是，在这一

---

① 梁启超：《论小说与群治之关系》，陈平原、夏晓虹编《二十世纪中国小说理论资料（1897—1916）》第一卷，北京大学出版社，1989，第34页。

时期同样处于边缘地位的晚清女性，在西方女权思想的影响下，通过解除缠足，推广女性教育，也在进行着自我中心化的努力。刘纫兰即在《劝兴女学启》一文中提出，天下兴亡，女子也应担起责任。1902年，我国第一本有关女性议题的译著《女权篇》出版，标志着西方女权思想正式引入中国。《女权篇》提出剥夺妇女权利的旧俗是应该改变的，召唤女性的国民身份，强调女性的国民责任，支持女性参政。继而，女权作为民权的一部分，被男性维新人士所重视，也由于女权对于改良社会的有利影响，被纳入改良救国的紧迫事业之中。金天翮的《女界钟》是《女权篇》在当时最为迅速和杰出的运用。金天翮在《女界钟》第六节"女子之权利"中，解释自己提倡女子权利的原因，是女权有助于国权："民权昌而后君权荣、国权固。"① 反过来，"自女权不昌，而后民权堕落，国权沦丧……今日为中国计，舍振兴女学，提倡女权之外，其何以哉"②。在女权思想的推广下，1902年和1903年这两年里，中国女子教育及女性价值观念的发展进入了一个关键时期。1902年，中国的女子学堂办学开始走向合法化和规模化，一些著名的女校在这一年创办。1903年，陈撷芬组织创办的上海"女学会"成立，随后创办了《女学报》。紧接着，丁初我、曾孟朴等人在上海创办了《女子世界》，在广州，《女子学报》创刊，多种女性报刊接二连三地出现。这些女子报刊在宣扬女权思想，倡导女性独立方面发挥了重要的作用，如《中国女报》刊载的："女界者，国民之先导也。国民资格之养成者，家庭教育之结果也。我中国之所以养成今日麻木不仁之民族者，实四千年来沉沉黑狱之女界之结果也……欲收他日之良果，必种今日之好因。唤起国魂，请自女界始。"③ 晚清知识分子出于救国保种的立场，提出了铸造"国民母"、

---

① 金天翮：《女界钟》，上海古籍出版社，2003，第7页。
② 金天翮：《〈女子世界〉发刊词》，《女子世界》1904年第1期。
③ 黄公：《大魂篇》，《中国女报》1907年第1期。

培育"女国民"的思想主张，从身体与精神两个层面对当时的女性发展提出了明确要求，试图通过身体和思想意识的改造，促进晚清女性的个人独立与女权的实现。

　　在晚清的诸多报刊论著中，"国民母"一词出现的频率很高，这也是晚清时期女性的社会地位提高的表现之一。"女子为国民之母"的观点在晚清时期由梁启超等人从日本引入中国，因为女性独特的生理特点，以及母亲这一身份角色作为家庭教育起点的重要作用，女性被晚清知识分子认定为培育理想国民的源头，对国民身体与精神成长都具有重要作用。女性具备养育国民身体与精神的母体本原特质，被放置在了民族改良的重要位置上。当时社会上的流行观点是，在培育新的理想国民，继而"孕育"现代民族国家这方面，作为"国民母"的女性要比男性国民的责任更为重要和神圣。有关"国民母"的论说大量出现，类似的论述"国民母"的观点如："女子者，国民之母，种族所由来也"①，"女子者，强国之元素，文明之母，自由之母，国民之母"②，"国无国民母，则国民安生？国无国民母所生之国民，则国将不国。故欲铸造国民，必先铸造国民母始"③，等等。简单说来，晚清思想界认为女子只有具备良好的诞育、培养"国民"的能力，才能促进未来中国社会向积极健康的方向发展，而女子也不再是重男轻女的封建思想影响下被随意忽略的对象，转而成为掌握民族、国家命运走向的"国民之母"。在"国民母"观念的推动下，晚清社会女性的"废缠足"和"兴女学"运动蓬勃开展起来。女子缠足问题是在"国民母"的阐释框架内进入人们的视野之中的，将废除缠足与强国保种相关联，是晚清时期知识分子的共鸣。他们认为女子只有解除缠足的束缚，提升身体素质，使得母体强壮，才能从根本上消除中国人

---

① 竹庄：《论中国女学不兴之害》，《女子世界》1904年第3期。
② 曾竞雄：《女权为强国之元素》，《女子世界》1904年第3期。
③ 亚特：《论铸造国民母》，《女子世界》1904年第7期。

身体孱弱之弊，进而使国民的心理素质随身体的强健得到提升，精神萎靡状态也将消退，因此废除缠足直接与国民素质的提高和国家的兴衰相联系。如金天翮就提出"天全神完则种强，种强则国兴……夫欲避澌灭之厄，必先自放足始矣"① 的判断，认为女性在家庭中顺从卑微的性格弊病会通过生育传递给子嗣。张肩任也认为"缠足之毒，中之终身，害及全国"②。

"废缠足"力图从身体的角度来促进健康国民的诞生，而"兴女学"则从教育和精神层面出发，注重"国民母"的思想解放以及对国民精神素质的影响，将女性教育的落后作为亡国灭种的一大源头。"文明之国，男女并重，教化日以进，国力日以强。独我中国女子，五千年来沉沦于柔脆怯弱黑暗残酷之世界，是何故哉？吾一言蔽之曰：女学不兴之害也。"③ 只有让女子也接受教育，才能为国民教育提供基础。"教育者，造国民之器械也。女子与男子，各居国民之半部分，是教育当普及。吾未闻有偏枯之教育而国不受其病者也。"④ 指出孕育国民的母亲的思想素质是很重要的，正所谓"彼圣贤、帝王、英雄、侠义之成，非异人任，其成于贤母之手矣"⑤。以"国民之母"的观点来发展女学，倡导女权成为时代风潮。诸多指向女性思想观念改革的因素在这一时期逐渐活跃，在这种时代氛围和思想环境的引导下，一些晚清知识分子在小说的创作过程中，也将塑造"国民之母"、再造女性形象作为小说叙述的主要内容之一，最为典型的便是小说《黄绣球》。

晚清知识分子在提出放开缠足、兴办女学的倡议之后，作为封建社会男性附属品而存在的女性，也开始由"国民母"转型为"女国民"。"国民母"与"女国民"的概念在很多方面是相互交融且保持一

① 金天翮：《女界钟》，上海古籍出版社，2003，第 16 页。
② 张肩任：《急救甲辰年女子之方法》，《女子世界》1904 年第 6 期。
③ 竹庄：《论中国女学不兴之害》，《女子世界》1904 年第 3 期。
④ 金天翮：《女界钟》，上海古籍出版社，2003，第 37 页。
⑤ 金天翮：《女界钟》，上海古籍出版社，2003，第 10 页。

致的，比如提倡女学，鼓励女性追求独立自主，与男性共同承担救国保种的社会责任，等等。以梁启超为代表的知识分子所提出的"国民"这一概念，强调的是"群"的意识，"女国民"的观念更注重女权意识，培养女性的国家认同感和社会责任感。晚清时期的著名女性刊物《中国新女界杂志》，对"女国民"观念的提出和推广具有重要的影响。当时即有知识分子认为，晚清女性尚处于"家族的妇人地位"，当务之急便是要将其提升为"国家主义的妇人"①，也就是《中国新女界杂志》所呼唤的"女国民"。该刊物将培养"女国民"作为其办刊主旨，提出："本社最崇拜的就是'女子国民'四个大字。本社创办杂志的宗旨，虽有五条，其实也只是这四个大字。本社《新女界杂志》从第一期以后，无论出多少期，办多少年，做多少文字，也只是翻覆解说这四个大字。"②"女国民"成为晚清社会人们对女性群体的普遍期待。晚清小说中塑造的理想女性不再是被动、拘谨的传统闺阁形象，作品已开始注重塑造女性在处理私人事务与公共事务方面的能力，在面对人生挫折时的勇气和参与国家政治改革的决心，展现出强烈的女性独立意识。这些女性意识的自觉，都可以视为培育"女国民"的实践，展现了晚清女性开始走向独立和社会化的道路。如果说"国民母"观念的提出尚且属于被动地对西方列强的侵略做出反应，那么，由"国民母"转型为"女国民"，则标志着晚清女性参与民族国家建构的主动性，女性的社会地位也更进了一步。

在这种社会氛围下，晚清时期的女性在传统社会中的地位，与小说这一文体在传统文学中的地位一样，都面临着从无足轻重的边缘位置向社会和文化中心位移的趋势。而晚清时期小说地位的重估，与对传统女性的教育和女性社会地位的提高，形成了十分相似的文化诉求。

---

① 炼石：《留日见闻琐谈》，《中国新女界杂志》1907 年第 2 期。
② 炼石：《本报对于女子国民捐之演说》，《中国新女界杂志》1907 年第 1 期。

金天翮在《女子世界》的发刊词中说道:"欲新中国,必新女子;欲强中国,必强女子;欲文明中国,必先文明我女子;欲普救中国必先普救我女子,无可疑也。"① 这和梁启超提倡创作新小说的纲领性论著《论小说与群治之关系》中的观点"今日欲改良群治,必自小说界革命始;欲新民,必自新小说始"② 相合。长期以来,受"男主外,女主内"思想的影响,中国传统小说中的女性形象基本上都是含蓄的佳人淑女、贤妻良母,或是妓女淫妇,以及女扮男装的侠女英雄。而晚清小说作品中的女性形象则今非昔比,她们纷纷走出家庭,融入社会,最终成长为具有独立思想、健全人格和拥有爱国情怀的新女性。晚清出现了大量面向普通妇女读者、以女子救国为题材、倡导女性个人独立、追求女子权利的小说,由此也塑造出了许多具有代表性的女性"新人"形象。比如走向独立自主的黄绣球(《黄绣球》),爱国女性关关(《自由结婚》),倡导妇女解放的沙雪梅、许平权(《女狱花》),追求女子参政权利的袁贞娘(《女子权》),救亡图存的金瑶瑟(《女娲石》),等等,这些女性"新人"形象,突出展示了晚清"新人"追求独立自主的积极样貌。晚清以新小说和新女性为重点的文化诉求,使得这一时期成为中国文学中现代女性形象开始形成的关键时期。这些新小说中的女性人物也确实具有很大的先进性,她们通过将自己的命运与民族国家的命运相联系,使人物本身获得了一种现代性的意义。晚清的最后十年因此成为晚清小说具有现代性意味的女性形象开始形成的关键时期,大量的女性新小说出现,丰富了晚清新女性形象的想象成果,为晚清女性"新人"形象的研究提供了丰富的资料。

纵观 20 世纪的中国文学发展史,晚清小说中塑造的大批自主奋发的女性"新人"形象,让女性群体在推动国家现代化的进程中不再是

---

① 金天翮:《〈女子世界〉发刊词》,《女子世界》1904 年第 1 期。
② 梁启超:《论小说与群治之关系》,《梁启超全集》(第二册),北京出版社,1999,第886 页。

被忽视的群体，也吸引了更多的现代作家关注起女性角色的刻画和描绘，女性角色在任何时期都始终存在于小说创作之中，也始终与民族国家和社会改革的叙事相联系。在20世纪上半叶一批左翼女性作家的作品中不难发现这一现象，例如冯铿的《红的日记》和谢冰莹的《从军时代》都体现了这一特点。《红的日记》中的主人公女战士马英将自己的全部都投入革命之中，她公开表示自己只在乎一件东西："只有一件东西：溅着鲜红的鲜血，和一切榨取阶级、统治阶级拼个你死我活"①，因此"我简直忘掉了我自己是个女人"②。《从军时代》中所塑造的"我"也是一个忘我的女军人，提出女性应当"将全世界的十二万万五千万的被压迫民族解放的担子放在自己的肩上"③，"把生命献给民族、献给社会的坚定信仰"④。可以看出，马英和"我"均全身心地投入了追求民族独立的革命运动当中，与《女娲石》中的金瑶瑟、《自由结婚》中的关关等人物具有近乎一样的人生追求。20世纪40年代，在以"民族至上、国家至上"为核心思想的民族文学运动的号召下，作家们延续并升华了将女性角色融入民族革命的创作模式。蒋光慈所著的《冲出云围的月亮》，描写了主人公王曼英以身体为资本对抗男性，参与民族革命；陈铨在《野玫瑰》中刻画的女豪杰夏艳华，为民族大义牺牲了自己的爱情和肉体，毅然决然地与北平伪政权政委主席王立民成婚，获取情报，为国家和民族的复兴做出了巨大贡献，这与《女娲石》中的女性人物极其相似。到了20世纪50年代至70年代，文学作品中一样可以看到晚清小说所刻画的女豪杰形象的复现。罗广斌、杨益言创作的作品《红岩》，刻画的主人公江姐以国家民族伟大事业为重，不惜舍弃幸福的家庭生活和宝贵的生命，英勇就义，为革命事业奉献自己的全部。这些女性形象，投入民族国家的伟

---

① 冯铿：《红的日记》，中国社会出版社，1998，第4页。
② 冯铿：《红的日记》，中国社会出版社，1998，第15页。
③ 《谢冰莹作品选·从军时代》，湖南人民出版社，1985，第165页。
④ 《谢冰莹作品选·从军时代》，湖南人民出版社，1985，第177页。

大事业之中,成为中国历史上不容忽视的文学符号。直到20世纪80年代,这种小说创作模式才逐步被反思文学、伤痕文学和改革文学等模式所取代。从文学史的角度来看20世纪文学史上的这些作品,它们基本都承续了晚清小说中对于女性的想象模式,都保留着晚清时期追求独立自由的女性"新人"形象的影子,将女性融入了民族国家的宏大叙事之中。从这个角度来看,晚清小说中女性"新人"形象的塑造,对现当代中国文学中的女性书写,是具有启发意义的。

在晚清新小说中,最具代表性的女性"新人"形象,可分为三类:一是解除缠足,走出家庭,推动女学,寻求思想进步的"国民母"形象;二是提倡女权,反对包办婚姻,推动女子教育,主动参与构建新型民族国家的"女国民"形象;三是妓女出身,纵横于风月场上,致力于个人的独立解放,勇敢追求个人情欲的满足,是晚清小说塑造的女性人物中较为特殊的"新人"。这些形象的产生,密切配合了晚清新小说的理论观点,赋予文学想象新的民族国家主体的重要使命。晚清妇女解放小说中的女性"新人"形象,都自觉地以谋求个人的独立主体地位、推广女权为自己的奋斗目标。她们强调合群的集体意识,以"天下兴亡,匹妇有责"为己任,追求个人的独立和自主,为后来追求独立解放的现代女性开辟了一条广阔的发展道路。在整个20世纪的女性成长史中,参与现代民族国家的建构是女性最重要的发展方向,而晚清时期的女性"新人"们,则迈出了十分可贵的第一步。

第二节　走出家庭的"国民母"

晚清时期女性解开缠足、女学兴起是近代中国女性意义重大的两大新兴事业,也是推动近代中国社会关系中性别文化重构的重要事务。女子解除缠足是在"国民母"的阐释框架内进入人们的视野之中的。

作为最早提倡女性放足的先觉者之一，康有为在谈到女性缠足的弊病的时候就指出，缠足使得"血气不流，气息污秽，足疾易作，上传身体，或流传孙子，奕世体弱"①。晚清知识分子认为，女子只有具备诞育"国民"的身体素质，具有培养现代"国民"的能力，才能促进未来中国的健康发展。女性缠足危害甚大，"迟之既久，举步维艰。周身气血，不能流通，斯疾病生矣。此时为病女，将来即为病妇。病体之遗传，势必更生病子孙。使仅为一人一家之事实，则所关尚细；无如千百年来，统二万万之妇女，已皆沦于此境界，迄未改革焉，则其人种之健全，必不可得。彼'东方病夫'之徽号，诚哉其有自来矣"②。因此，废除缠足与强国保种是紧密相关的，女子只有解除缠足的束缚，身体素质才能得到提高，母体强健了，才能从根本上消除中国人身体机能的孱弱，国民的精神样貌和心理素质也会随身体的强健而得到提升，因此废除女性缠足直接与国民素质的提高和国家的兴衰相联系。在解开缠足，赋予晚清女性身体上的自由的同时，也对女子精神上的自由提出了要求，晚清时期女子教育开始发展起来。梁启超 1897 年发表的《论女学》就已经提到了"治天下之大本二：曰正人心，广人才。而二者之本，必自蒙养始。蒙养之本，必自母教始。母教之本，必自妇学始，故妇学实天下存亡强弱之大原也"③，指出了女性的受教育水平与民族兴旺程度之间的密切关联。1898 年，国民自发创办了上海经正女子学堂，自此开始，"兴办女学"就成为维新运动的重要举措。进入 20世纪之后，晚清社会便显现出一幅"女学校立矣，女学会开矣，女报馆设矣，女子游学之风行矣"的社会景象。自 1902 年到武昌起义爆发，全中国共有近 40 所思想观念进步、重视革命教育的女子学校成立。1902年 4 月，中国教育会在蔡元培的发起下顺利成立，从教育会所创办的女

---

① 康有为：《戊戌奏稿·请禁妇女裹足折》，广志书局，1911，第 44 页。
② 炼石：《女界与国家之关系》，《中国新女界杂志》1907 年第 2 期。
③ 梁启超：《论女学》，《梁启超全集》（第一册），北京出版社，1999，第 32 页。

学执行章程和课程设置可以看出，创办此女学的核心目的并不在于培养传统的贤妻良母，而是要通过创办女学来提高女性的精神觉悟，女子的智识提升将有助于整个国民素质的提高。女学通过让女性接受教育，全面提高女性的思想素质和爱国主义精神，以此来培养"国民母"人才，继而诞育新型国民。在中国晚清的宏观背景下，从放开双脚走出家庭，到女学的诞生与发展，一群新型的女性人物相继出现，她们觉醒于传统封建家庭，进步于新文化思想和新知识技术，在家庭与社会中主动追求独立，勇敢地走出家庭，推动社会改良，以民族救亡图存为目标。反映在晚清小说创作中，则是这一时期的作品中出现了一些具有"国民母"特质的女性人物形象，她们勇敢地放开双脚，走出家庭，学习新思想新知识，唤醒民众，进而推动社会改良。从这些人物的塑造中我们可以看出晚清时期在男性知识分子主导下的女性"新人"们所面临的困境及其努力，以及晚清女子走向独立的艰难的自我建构过程。

一 放开双脚，走向独立

解除缠足最早由外国传教士发起，在维新变法运动中，康有为、梁启超等维新知识分子从"弱种流传"的角度建议当时的中国女性放开双脚，不再缠足，使得女性解除缠足由个人自由层面发展为政治话语层面。随后，以国家、民族的名义倡导女性解开双脚的文章刊登在诸多报纸杂志上，女子解除缠足的社会思潮一时甚嚣尘上。"废缠足"的观点是由男性启蒙者们按照培养"国民母"的逻辑提出的，只有废除这种陋习，还女性天然之足，才能使女子在身体健康的基础上诞育出新型国民，和男子一起承担拯救民族危亡的重任。解除缠足与国家强盛、国民强健画上了等号。当这一话语出现在晚清新小说当中时，许多女作家由于对缠足之痛有着切身的痛苦体会，因而其创作文本往往叙述得更加直观，细节的描写也更加丰富。晚清小说中塑造的这些"国民母"形象，对于缠足陋习都进行了严厉的批判，她们积极倡导女性勇敢放开双脚，走出家门，去追求社会和家庭中的独立地位，实现个人价值。

　　清末新小说中关于女子缠足的讨论是很常见的，在问渔女史的《侠义佳人》中，有关女子缠足的痛苦的细节描写十分详细，直观地展示出了封建家庭中闺阁女子缠脚的痛苦："他的脚已裹断了，脚指头也折了，再裹紧点，不敢说三寸，那四寸是拿得稳的。怎奈他不长进，不肯上紧裹，所以脚还是这么大。"① "脚不烂不小，越烂越好。里头又弄些碎碗锋，放到裹脚里，紧紧的裹起来。每逢裹脚脚带一解开，那浓血就如水似的泻出来，满脚烂的都是窟窿，痛的我浑身抖。"② 都是关于女子缠脚非常直观的描写。在小说《女狱花》中，崇尚暴力手段来获取个人自由权利的沙雪梅同样对缠足深恶痛绝："我们女子，六七岁时候，只因有了男人要娶小足的陋习，父母就硬了心肠，把我们一双圆兜兜光滑滑的天足，用布裹起来，受这无罪的非刑。我们那时，眼泪不必说起，就是浓血，也不知出了多少。幸而皮肉腐尽，筋骨折断，方成了三寸金莲。你想人生血脉，犹如机器一般。一件损坏，件件都出毛病。我们国中，缠成小足，害瘵病死的，也不知多少。即不死去，行一步路，尚须扶墙摸壁。名虽为人，实与鬼为邻了。"③ 不仅抒发了缠足过程的痛苦，也指出了缠足陋习背后体现的是女子受男权控制的实质。小说《天足引》更是直接对比缠足与没有缠足的两姐妹的人生境况，来说明不缠足的好处。姐姐十全幼时缠足，因为一双三寸金莲而嫁给了富豪；妹妹双全性情刚烈，不愿缠足，因而有一双大脚，嫁给了一个贫寒的书生。两姐妹的命运看似因为缠足与否形成了天壤之别。但是谁料有一天突发火灾，动乱中又有土匪抢

---

① 问渔女史：《侠义佳人》，章培恒主编《中国近代小说大系：女子权·侠义佳人·女狱花》，百花洲文艺出版社，1993，第96页。
② 问渔女史：《侠义佳人》，章培恒主编《中国近代小说大系：女子权·侠义佳人·女狱花》，百花洲文艺出版社，1993，第429页。
③ 王妙如：《女狱花》，章培恒主编《中国近代小说大系：女子权·侠义佳人·女狱花》，百花洲文艺出版社，1993，第724～725页。

劫，姐姐因为一双小脚站不稳也跑不快，受尽折磨；而妹妹却幸得一双大脚，行动敏捷，在逃难过程中尽显优势。通过两姐妹的对比，缠足的坏处和不缠足的好处便鲜明地呈现出来。小说最后以朝廷颁布废除缠足的命令结尾，体现了晚清社会对废除缠足、放开双脚的强烈呼吁。

在倡导女性放足，鼓励女性走出家门，谋求个人独立方面，小说《黄绣球》无疑将"国民母"的观念发挥到了极致。文学史家阿英认为《黄绣球》不仅是一部"政治小说"，也是一部极具代表性的描写"妇女问题"题材的小说，甚至认为《黄绣球》是晚清小说中以妇女问题为核心的作品中最突出的一部。阿英认为，《黄绣球》非常真实地向读者呈现了晚清新女性争取独立的艰难历程和获得独立的真实姿态，生动详细地描绘了新女性斗争的过程，展示了晚清社会一代人的变革。《黄绣球》于开头处交代了主人公黄绣球的生活背景："话说亚细亚洲东半部温带之中，有一处地方，叫做自由村。那村中聚族而居，人口比别的村庄多上几倍，却推姓黄的族分最大。"① 其中的"黄"姓暗示着黄帝氏族，代表华夏中国，"自由村"则是作者对于理想中国的想象缩影。村民黄通理的妻子黄秀秋，虽然出自读书人家庭，但自小失去双亲，由婶娘抚养长大，年幼时常受到婶娘的儿子欺压，受尽了阶级剥削和性别压迫。婶娘家不仅把她当作丫鬟虐待，养母还强行让她裹脚，被迫缠足的经历让她痛苦不已。因此当她听到丈夫黄通理说让她一起分担责任，共同干一番事业的时候，她由于长期被压迫虐待所滋生的对自由平等的渴望被彻底触动。她主动解除缠足，也改了名，许下誓言："我将来把个村子，做得同锦绣一般，叫那光彩激射出去，照到地球上，晓得我这村子虽然是万万分的一分子，非同小可。日后地球上各处的地方，都要来学我的锦绣花样，我就把各式花样给

---

① 颐琐：《黄绣球》，吉林文史出版社，1985，第 1 页。

与他们，绣成一个全地球。那时我就不叫秀秋，叫绣球了！"① 她希冀"自由村"能够一改颓败落后的局面，发展成繁荣富强自由民主的美好状态，这也是《黄绣球》这个题名的由来。小说的核心内容是讲述黄绣球夫妇改造"自由村"的过程，女主人公黄绣球，身先士卒，率先打破妇女裹脚的恶俗，投身女子学堂的组建，向广大女性普及独立自主的新思想。夫妻二人携手并进，同晚清官僚和地方恶势力斗争，终于使得"自由村"的面貌焕然一新。

黄绣球一开始只是一个家庭主妇，受到西方女性解放思潮的影响，再加上丈夫黄通理从旁鼓励，毅然决然解开缠足，勇敢地走出家门，参与到社会事务当中，成为"自由村"的"新女性"。黄绣球年幼时裹脚的苦楚、教育缺失的遗憾以及与黄通理成婚之后学习到的新思想，让她深感男女之间的不平等，继而萌发出初步的独立意识。小说详细描写了黄绣球放开缠足的过程。作为一个传统家庭当中的女主人，两个孩子的母亲，黄绣球在日常生活之余萌发了这样的想法："自古以来，男女是一样的人，怎么做了个女人，就连头都不好伸一伸，腰都不许直一直？脚是吃尽了苦，一定要裹得小小的。终身终世，除了生男育女，只许吃着现成饭……几时世界上女人也同男人一般，能够出出面做做事情就好了。"② 后来黄绣球从丈夫口中听闻世界其他地方有女子出来做事时，她非常激动，认为自己也可以出来做事，同男性一样承担起改革社会和振兴民族国家的重任，实现女性自身的人生价值和社会功能。而要想把事情做好，得先把路走好，于是她决定率先解放双脚。黄绣球在放足之后，预备做的第一件事便是走出家门，去看戏参加游会。她的丈夫黄通理虽然是个十分开明的人，也很赞成女性放足和学习文化，但又非常矛盾地想要阻止黄绣球走出家庭步入社会，他担心黄绣球放足之后出门被村民看到引人笑话。但黄绣球却不以为

---

① 颐琐：《黄绣球》，吉林文史出版社，1985，第13～14页。
② 颐琐：《黄绣球》，吉林文史出版社，1985，第10～11页。

然，还进行了强有力的宣言，表明自己的坚定立场，提出"放脚"一事与他人不相干，自己不但要放开双脚，还要鼓励同村女子一起放脚。这位满怀斗志的"国民母"人物抒发出了自己豪迈的人生理想，黄绣球的形象也就此开始转变。小说中关于黄通理和黄绣球夫妻二人的对话，展现出黄绣球追求独立自主的进步思想，我们还可以看出，在晚清女权思想发展传播的早期，"国民母"观念实则是在男性启蒙者的思想主导下形成的。男性启蒙者提出培育"国民母"，放开缠足，其实质也是为了增强女子体魄，以更好地培育新国民。所以小说中便有了黄通理同意黄绣球解除缠足，却又不那么情愿黄绣球放足后走出家门抛头露面的情节。显而易见的是，黄绣球放足后的反应，是黄通理当初主张对妻子进行解放启蒙时没有想到的，黄通理与放足后的黄绣球所产生的矛盾，展现了晚清男性知识分子对女性"独立解放"思想所保有的双重标准和内心的困惑。按照黄通理的内心想法，女性启蒙和解放是进行社会改革的首要任务，目的是要让女性能够将相夫教子做得更加完美，而并非让她们获取独立地位来抢夺原本属于男性的空间，或让其与社会进行过多接触。黄通理在黄绣球"放足"行动之后不冷不热的态度，从一定程度反映出晚清由男性启蒙者主导的这场"女性"启蒙运动必然会遭遇困顿。从已被启蒙后的黄绣球与丈夫的辩驳中，可以看出她改变周遭社会的远大志向和强大信心，也反映了这样一位女性"新人"的聪明才智和英勇果决，她注定能做出一番伟大事业。在传统封建社会，"男主外，女主内"的思想颇为顽固，女性始终以处理家庭事务为主，没有独立自主走向社会的权利，而且还要遭受男性的压迫歧视。她们各项权利都被剥夺，不能在婚姻里独立自主，需要依附丈夫来生存，也无法像男性一样接受教育或者参与各类社会活动。"三从四德"的"从"字，就揭示了女性服从和依赖于男性的现实，女性地位十分低下。而黄绣球这个女性"新人"，率先"放足"，展现了晚清女性"新人"追求男女平等的觉醒意识。在《黄绣球》的叙事中，做好贤妻良母不再是女性的全部人生追求，她们勇敢冲破家庭的樊笼，同男性一起活跃于社会活动中，承担相应的社会义务和责任，抱有改革社会复兴民族的宏大志向。无论是在家庭中，还是在社会上，不再有男尊女卑的思想或者男强女弱的偏见，男女享有同样的权利和义务。男性享有接受教育的权利，可以在社会上建功立业、救亡图存，女性也要同男性一起，读书上学、婚姻自主，并活跃于社会事务中。

所以，黄绣球不仅自己率先放脚，还规劝身边的妇女朋友一起放开双脚。她用自己的聪明才智和一片赤诚感化了两位尼姑，编写了废除缠足的白话文弹词，请两位尼姑四处弹唱，以此来宣传女性解除缠足、鼓励女子接受教育的进步思想，激励女性转变为独立自主的女性"新人"，体现了晚清时期先进女性"新人"的进步思想和理想追求。也正是因为她四处宣扬破除缠足陋习，被拘捕入狱，然而黄绣球宣传新思想的决心并没有受到丝毫影响，出狱后依然继续着对新思想的宣传。黄绣球不但呼吁广大女性放开缠足，走出家门，还推崇男女平等，反对男性凌驾于女性之上，号召女性团结起来，主动去承担社会责任。关于婚姻，她觉得既然男人能够再娶，女人也就能够再嫁，守节是迂腐守旧之举，女性同样应该具有独立的社会地位。解除缠足、走出家门的黄绣球可谓是晚清时期知识分子倡导的"国民母"的代表，她由家庭主妇走出家门，转变为社会女性，打破了"男主外，女主内"的传统规范，为晚清传统女性的解放道路指引了方向。她不但解放了自己，还大胆参与到社会公共事务之中，在充实自己的社会生活的同时，也改变了周围女性的生活状态和家庭地位。在她的引领下，那些官僚和豪绅的家眷，纷纷效仿她解除缠足，在家庭中的地位得到提高。通过对黄绣球放足一事的描述，一个勇敢走出家门的女性"新人"形象已初步呈现在读者眼前。她所展现出的颠覆传统封建社会男尊女卑纲常伦理的勇气和对构建男女平等两性关系的向往，在当时的晚清社会是非常难能可贵的，也在近代中国的女性解放和社会变革的历程中留下了重要的一笔。

晚清以来日益严重的民族危机，西方现代思想文化的引进与传播，促使人们积极展开救亡图存的社会改革。晚清知识分子在寻求探索救国之路的时候，受到西方提倡天足、兴办女学、男女平等的观念影响，于是，出现了一些提倡女性放足、鼓励传统女性走出家门，建构自身独立性的小说作品。与其他女性题材的小说作品相比，《黄绣球》通过主人公黄绣球自主解开缠足、勇敢踏入社会的故事，真实而生动地反映了晚清以来妇女日常生活和思想观念中的新因素，具有较高的文学史意义。

二　女性教育的提出

随着缠足的逐渐取缔，女性开始慢慢走入社会，承担一定的社会责任。梁启超等人推出的"国民母"观念，使得晚清国民对于女性的家庭地位和社会功能产生了新的思考，他们开始重新考量女性读书上学、接受教育的意义，"女子无才便是德"等腐朽陈旧的封建传统观念也被重新审视。早在1878年发表于《申报》上的《论潘氏三孝女同志殉母事》就谈到过："世人动谓女子无才便是福……其实女子以才自累，皆所学不终之故耳……假令世之教女者，先以经史俾之晓古今，继之阅历俾之识时务，则识见高远，志量恢宏……不特不以针黹酒食为能，且将养成其才，育成其德，与男子交相为理，为大有裨于天下国家。"虽然这篇文章并没有摒弃"男主外，女主内"的固有思想，但是提出了女性应该与男性一样读书受教育，让女性成为具有更大社会价值的群体，具有一定的进步性，体现了女性接受教育也能够德才兼备、实现社会价值的近代意识。梁启超所著的《论女学》也批判了"女子无才便是德"这一传统观念，旗帜鲜明地指出这是一个错误观念，认为这个传统观念是近代中国积贫积弱的一个重要原因。他在《倡设女学堂启》中提出，女子接受教化，既能够"上可相夫，下可教子，近可宜家，远可善种"①，又可以启发民智，让女性在社会事业中发挥作用。这里可以看出，晚清部分具有先进思想的男性知识分子已逐步觉察到女性对于社会发展的作用和意义，认为女子作为家庭教育的起点，对子女的影响是非常大的。提高女性的受教育水平有助于培育和提升国民思想素质，对于女性接受教育的态度大幅扭转，这种变化也反映到了当时的文学创作中。

小说《女举人》创作于1902年，作品虚构了一位思想新颖的"如如女史"，她在接受进步教育之后成为大众启蒙者。如如女史自幼喜爱读书，讲求新学，她在16岁的时候假扮男子，到日本游学，接受了先进的新思想的启蒙。如如女史还女扮男装参加会试，在考场上，她向满城考生和考官大谈兴办教育和维新改良的道理。小说写到，第二场策论考试结束后，如如女史在考生面前宣传德育、智育、体育等各项新式教育，并奔赴黄河边登坛演讲，积极向大众宣传兴办学堂、开办实业的重要性："五岳之高，不离平地；太空之远，起于微尘。天下事须一步一步走上去，愿你们把我的话实实在在做出来，不要把我的话抛在黄河里，流到东海大洋，辜负我一番苦心。诸君，诸君，赶紧赶紧！"② 这是读书受教育之后走向社会的新女性所推动的伟大事业。如如女史才华横溢，谈论学务、兴办女学、宣传社会改良，是20世纪初较早出现的一个具有女权色彩的新式女性人物。她踏入社会，宣扬女学和新学，体现了晚清女性独立意识的觉醒，女性渴望接受同男性一样的教育，提高自身的社会地位。小说开启了20世纪女性小说提倡新式教育的先河，作品对社会现实全方位地关注，也投射出时代的影子。

小说《黄绣球》也叙述了主人公黄绣球在解除缠足走出家门后，兴办女学推动女性教育的历程。晚清时期的绝大多数女性并没有受到启蒙教化，还是以传统的家庭妇女为主。《黄绣球》写推广女性教育

---

① 梁启超：《倡设女学堂启》，《梁启超全集》（第一册），北京出版社，1999，第104页。
② 如如女史：《女举人》，上海同人社石印，1903，第17页。

的情节，符合时势背景，及时有效地传达了晚清社会知识分子的时代诉求。黄绣球这一人物生动全面地演绎了女性能够在社会中起到的作用，展示了晚清进步觉醒的女性观，说明女性不但能够做好贤妻良母，也可以承担一定的社会责任，为社会改良和民族复兴贡献一分力量，极大地鼓励了尚未逃脱封建传统女性观念樊笼的晚清女性，发挥了非常积极的社会效应。

黄绣球的启蒙，开启于丈夫黄通理对她的教化。小说写到，黄绣球进到家中书房，发现丈夫正向孩子讲授学问，便想要旁听。黄通理不以为然，他觉得黄绣球一介女流，不应该在书房打扰自己向孩子讲学，让黄绣球出去。黄绣球为此反驳道："方才我不是问过你，说女子也可以出来做事，既是可做事，也就可以谈谈学问。虽然我年纪大了，究竟还比你小得多，你同孩子们讲的，不信我就懂不得。"[①] 在封建传统社会的观念中，书房被视为男性的专属领域，男性可以在书房读书学习、思考研究、高谈阔论。似乎书房的合法所有者就是男性，父亲可以在书房向儿子讲授知识，延续男性的学问与权威，却不允许女性进入。黄通理的初始反应从一定程度上体现了在"国民母"观念流行的初期，部分男性启蒙者对女子接受教育、兴女学的犹疑心态。他们希望女子能够接受新知识，提高思想素质，以更好地在家庭中培育后代，实则还是秉承着女子相夫教子的传统思想。在黄通理和黄绣球关于进入"书房"的争论中，"书房"体现的并不是一个纯粹的旧社会的传统空间，在一定层面上书房还体现着"现代"的意味，因为书房的真正主体并不是男性而是"思想"。类似于黄绣球这样的传统女性的觉醒，也是以黄通理为代表的男性最矛盾的地方。因为这样一来会让两性在知识和教育的权利上实现"平等"，从而导致男性丧失传统的文化权威，继而男权"内外"统治的权利结构遭到破坏，男性

---

① 颐琐:《黄绣球》，吉林文史出版社，1985，第 12 页。

难以像过去一样统治女性。因此当黄绣球想要进入书房读书学习时，黄通理一开始会产生这样的反应。梁启超在他的《论女学》中就驳斥了男女之间的不平等，为发展女学呐喊："不平等恶乎起？起于尚力，平等恶乎起？起于尚仁，等是人也，命之曰民。则为君者从而臣妾之，命之曰女，则为男者从而奴隶之。臣妾奴隶之不已，而又必封其耳目，缚其手足，冻其脑筋，塞其学问之途，绝其治生之路。使之不能不俯首帖耳于此强有力者之手。久而久之，安于臣妾，安于奴隶，习为固然，而不自知。"① 认为女子接受教育有助于提高女性社会地位，避免女性继续"安于臣妾，安于奴隶"。事实上，在现代科技和知识面前，男性相比于女性并不具备传统的文化权威，在西方现代思想的冲击下，男性在传统思想文化中的专属领地正被逐步突破。故而黄绣球能够义正词严地反驳丈夫关于不让女子进书房的说法，并成功进入书房，接受启蒙。要提高女性地位，必须读书识字、讲求学问，作为女性"新人"代表的黄绣球自然明白这个道理，因此她勇敢地提出了自己的诉求，并成功说服丈夫为自己授课，在自身层面先实现了"兴女学"的理想。从此以后，黄绣球便开启了自己读书学习的历程。她同两个孩子一道听黄通理教授学问，接受新思想，继而变成了合格而优秀的女学生。黄绣球的主要贡献在于，在自己主动接受教育的同时，还积极创办女学，推广女性教育。作者认为，推崇女学、救亡图存不应该全是男性的责任，女子也应该适当分担，女性应该与男子同样学习知识文化，获取独立自主的社会地位，为国家改良和民族进步贡献力量。《黄绣球》重新定义了晚清女性的社会角色和人生价值，主人公黄绣球不再固守传统的家庭妇女身份，她的理想也不再是单纯追求相夫教子的传统婚姻生活，而是追求社会价值和人生价值的实现。她认为女性不能单一地梳妆打扮，裹脚做家务，等等，还要在传统要求的家庭

---

① 梁启超：《论女学》，《梁启超全集》（第一册），北京出版社，1999，第33页。

责任之外做些有益于社会的事业。她极力劝说尼姑王老娘和曹新姑捐献尼姑庵，建设女学堂，并依靠毕去柔等人的协助，成功创办了自由村第一所新式女学堂。在自由村村容村貌优化以后，黄绣球又继续帮助邻乡创办女学，不久之后，邻乡也焕然一新。通过兴办女学，黄绣球实现了人生价值和社会价值。

在推广女性教育的过程中，黄绣球由被启蒙者成功地转化为了启蒙者。小说中叙述到梦授天书的故事：就在自由村快要改造完成的前一天晚上，黄绣球疲惫不堪入睡了，再一次梦到了罗兰夫人。这次的梦境十分有趣，在梦里黄绣球看戏的情景，跟她第一次梦到罗兰夫人时的细节十分相似。罗兰夫人首次出现在她梦中的时候，黄绣球对梦中的地方感到十分陌生。而小说最后当她第二次梦到罗兰夫人之时，梦境变成了京剧舞台，这是她很熟悉的场景，而罗兰夫人就是京剧中的白衣旦角。《黄绣球》中充当黄绣球精神领袖的就是梦境中的罗兰夫人，当黄绣球解除缠足，走出家庭，并且主动接受教育，成立女学堂取得显著成效之后，她再次梦到了罗兰夫人，此时的梦境已经整体地中国化了。第二次做梦，黄绣球其实没有真正地见到罗兰夫人，两个人在现实和梦境之中交织为一体。当大儿子说了旦角台词的时候梦境突然消失了，黄绣球醒了过来，她开始跟自己对话，像是在延续梦境中的台词，想要完成这场梦：她不再依赖罗兰夫人对她的精神引导，而已经完全成长为一个"国民母"。作为女性，黄绣球不仅从被启蒙者转变为启蒙者，巩固了男女平等的意识，在接受西方启蒙思想方面也从原先的被动接受变成主动融合。黄绣球既是家中的贤妻良母，又是承担社会责任的先进女性，展现了晚清妇女从封建传统的生活状态和思想意识中逐步向现代转变的过程，是晚清时期进步男性思想中的"国民母"形象的典范。她摆脱封建传统家庭的束缚，以开放的心态步入社会，突破了"男主外，女主内"的传统观念，实现了自己的社会价值和人生理想，为近代中国妇女解放道路明确了方向。

《黄绣球》的问世对当时社会发展具有独特的启迪意义和价值，它成功地塑造出了一个典型的"国民母"形象。黄绣球之后，晚清女性小说中渐渐出现了更多的追求独立、提倡女性教育的人物形象。如如如女史一般的"国民母"在解除缠足、接受教育的经历中改变了自身的人生价值，她们突破了贤妻良母的传统女性范式，主动进入社会，不再单纯追求幸福的婚姻和家庭，而更重视人生理想和社会价值的实现。她们追求独立自主，自尊自强，以各种身份活跃于各类社会事务，并开始具备启蒙者的能力。此后，随着晚清女权思想的进一步发展，晚清女性"新人"形象由"国民母"身份进一步演化，对个人权利的诉求进一步提高，"女国民"形象在晚清小说的创作中逐渐明晰起来。

第三节 推广女权的"女国民"

随着女权思想的推广，关于男性精英所倡导的"国民母"观念的讨论逐渐增多。诗人兼教育家吕碧城就在文章《讨某都扎幼稚园公文》中对该学校在女子入学后只教她们如何相夫教子照顾家庭这件事提出批评，认为"女子者，国民之母也。安敢辞教子之责任；若谓除此之外，则女子之义务为已尽，则失之过甚矣。殊不知女子亦国家之一份子，即当尽国民义务，担国家之责任，具政治之思想，享公共之权利"[1]。黄公也在《中国女报》上撰文，认为男性要求女性接受教育，做有知识的国民之母，目的是强国保种，是相夫教子的传统女性工具论在近代民族国家框架下的另一种发展，"不过养成多数高等之奴隶耳"[2]。这个观点虽有些激进，但也指出了"国民母"观念在具体实践中的漏洞，她继而大声疾呼："吾之所祝与同胞姊妹者，为我女

---

[1] 吕碧城：《论某督札幼稚园公文》，《女子世界》1904 年第 9 期。
[2] 黄公：《大魂篇》，《中国女报》1907 年第 1 期。

子辟大世界，为我祖国放大光明，为我女界编大历史，争已失女权于四千年，造已死之国魂于万万世。"① 促进了女权思想在晚清社会的进一步发展壮大。与"国民母"相较，"女国民"们的女权意识更为充分，政治思想进一步完善，更多地追求自身的公共权利。因此，只有逾越自身在生育场域中的性别角色，以"女国民"的主体身份直接参与到社会公共事务之中，在无性别差异的个人与国家之间建构起自身充分的国民权利和责任意识，才是实现女性国民身份的唯一正途。本节将晚清小说中塑造的"女国民"形象分为了三类，分别是通过"抑情"来拯救民族国家的"女国民"形象，探讨女权实现途径的"激进—平和"两种方式的女权实践者，以及以女学生为代表的提倡女权、倡导女性参政议政的先进"女国民"。这些女性"新人"们推广女权，主动参与国家政治及社会公共事务，将自己视为广大国民的一分子，合理地追求各项权利，鲜明地展现了"女国民"这一社会身份的诞生。

晚清时期对于女权和"女国民"的诠释是一个循序渐进的过程，从《女娲石》中处于个体意识和国家改革冲突中选择"抑情"救国的金瑶瑟，到《女狱花》中对推行女权采取的"激进—平和"的实践方式的探讨，再到《女子权》中号召女性实现个人独立，完成女性整体社会地位的提升，并最终获得与男性同等参政议政权利的袁贞娘，晚清小说中成熟的"女国民"形象终于浮出历史地表。

一 "抑情"的救国"女国民"

西方文化传入后，在女权思想的引导下，晚清时期开始出现了追求恋爱婚姻自由的新女性。"自由结婚"这一词在清末民初的文献中使用率很高。《女子世界》与《复报》的"唱歌集""新唱歌集"都先后刊登过有关自由结婚主旨的歌谣，被人们广泛传唱，在全国

---

① 黄公：《大魂篇》，《中国女报》1907年第1期。

范围内流传，其宣传的自由结婚的思想在当时产生了很大的影响。对婚姻自由、恋爱自由的向往，从歌曲的流行程度中便可略知一二。但是，在晚清一些描写女性"新人"追求自由婚姻的小说中，我们不难发现，其中关于"情色"含义的叙述都基本被限定在了民族革命、国家前途的排他主义的框架之中。在晚清女性爱国小说中，女主人公都自觉地以国民的身份来要求自己，主动承担国家义务与社会责任。因此，处于政治历史环境中的人物，她们的"情""色"概念不可避免地被紧紧限定在"救国""改良"的民族主义范畴之中，"抑情"而救国成为晚清小说中"新人"形象的情感表现和行动模式之一。

在《自由结婚》这部作品中，女主人公关关有一段与叔父争论婚嫁自由的言论，在当时的晚清社会颇具代表性。关关因为拒绝接受包办婚姻，遭到叔父的辱骂："你这无耻的东西！别的事情且不问，岂婚嫁大事，你也敢来与闻吗？长辈要把你配狗，你只好做狗婆；把你配猫，你只好做猫婆。长辈说到这种事，你只得从旁听着，面孔红红，才是闺女正道。你现在竟敢如此胡说吗？倘若张扬出去，岂不要笑杀世人！"关关则非常直接地进行了反驳："叔父大度包容，猫狗畜牲碰来都好；侄女心褊肠狭，大约不能有做叔父侄女的资格了。婚嫁自由，文明公理。侄女本来发誓终身不嫁，就使不然，将来侄女自有权衡，何劳叔父越俎代谋。"在旧的伦理体制里，晚辈在任何条件下都是不能和长辈进行争论辩驳的，而在《自由结婚》这样一个宣扬女权思想的文本中，文明公理显然具备了取代旧的封建价值观念的能力，关关无疑是追求爱情婚姻自由的典型"新人"形象。小说随后写到男主人公黄祸与关关因具有相同的民族思想和革命情怀而相爱，两人相约"驱除异族，光复旧物"之时就是他们成婚的日子。可见，他们相爱的基础、在情感中追求的方向与目的始终没有脱离革命救亡的大志。但是这样一个努力追求自由婚姻的女性"新人"关关，后来加入了光复党,成为党内中坚力量,她每日忙于革命事业,继而发誓自己一生不嫁人,只愿嫁给国家。关关的少女情感因黄祸的爱国热情而初开,两人感情随着爱国救亡的革命事业的发展与日俱增,但个体的男欢女爱终究比不上民族大义和家国情怀,于是抑"私情"扬"救国"顺理成章地成为他们最终的人生追求。"新人"关关起于个人感情的"自由结婚",终结于与祖国和民族的"自由结婚"。由此我们可以看出,在晚清这些书写爱国救亡的女性人物的小说中,抑"私情"而重爱国是晚清"女国民"的一个重要特征。

晚清的社会语境强调"合群"对于民族国家建构的重要作用。维新思潮兴起后不久,康有为在北京成立强学会,试图改变当时国人一盘散沙的现状,积聚民间力量。梁启超也撰写《论学会》一文,提出"道莫善于群,莫不善于独。独故塞,塞故愚,愚故弱;群故通,通故智,智故强"① 的观点。这些思想主张在晚清民族危机之时,产生了巨大的反响,随后便出现了许多学会组织。"合群"强调的是集体主义观念,注重集体性和统一性,它往往是以压抑个体的人性来实现的。在当时的爱国女性看来,为了实现救国救民的高尚理想,对个人个体性的压抑和牺牲,是必要且合理的,这是一个进步的"女国民"应该做的。这类现象在晚清女性爱国小说中也有体现。同样描写"抑情"而"救国"的小说作品《女娲石》,也赞扬了这类"女国民"形象。《女娲石》描写了"四十八位女豪杰,七十二位女博士",其中最先出场的"花溅女史"金瑶瑟即是一位热爱民族国家,立志为民报仇、伸张正义的豪杰人物。金瑶瑟具有强烈的爱国精神,她留学日、美多年,聪慧貌美,才情色艺俱佳,她的人生终极理想就是拯救国家危亡,推翻旧的衰败秩序,建立新的民族国家。金瑶瑟曾任海城"女子改造会"领袖,留学归国后为了推翻封建政府,她选择了一条不同

① 梁启超:《论学会》,《梁启超全集》(第一册),北京出版社,1999,第 26 页。

于其他人的"非常"途径——到京城妓院学习歌舞，企图以色诱的方式，打入当权者内部，灌输进步思想，把他们鼓动起来，令其醒悟，挽救民族危亡。然而这个计划完全失败了。失望之际，金瑶瑟得到日本公使夫人的帮助，两度进宫刺杀"胡太后"，但依然以失败告终。逃亡避祸途中，金瑶瑟被擒获并卖至妓院"天香院"。金瑶瑟原本以为要沦落风尘，但在进入天香院之后，金瑶瑟发现，天香院看似是妓院，其实是女子革命党"花血党"的总部和女学堂，它由酷爱科技发明的"花血党"首领秦爱浓领导，院内并没有脂粉腻浪的俗气，反倒呈现出一派科技文明的现代样貌。天香院里的女子虽然名义上是妓女，但个个聪慧理性，颇有抱负，完全对个人情爱无动于衷，而都以暗杀男性贪官昏吏、拯救民族国家为己任。小说中重点描写的花血党，有自己的革命纲领和行动准则，凡加入天香院的女子，必须承诺遵守"灭四贼遵三守"的宗旨，也就是针对女性传统的三纲五常的封建伦理，反其道而行之的一套规章制度。"四贼"指的是内贼、外贼、上贼、下贼。小说是这样描写的："秦夫人道：'我国伦理，最重家庭。有了一些三纲五常，便压制得妇女丝毫不能自由。所以我党中人，第一要绝夫妇之爱，割儿女之情，这名叫灭内贼。'""外字是对世界上国际种族讲的，我党第一要斩尽奴根，最忌的是媚外，最重的是自尊独立。这名叫灭外贼。""上字是指人类地位讲的。我国最尊敬的是君父，便是民贼独夫，专制暴虐，也要服服帖帖，做个死奴忠鬼，这是我党中最切齿的。所以我党众人，遇着民贼独夫，不共戴天，定要赢个他生我死方罢。这名叫灭上贼。""这下字是指人身部位讲的，人生有了个生殖器，便是胶胶黏黏，处处都现出个情字，容易把个爱国身体堕落情窟，冷却为国的念头。所以我党中人，务要绝情遏欲，不近浊秽雄物，这便名叫灭下贼。"① 这些行为准则不但全面颠覆了忠孝节

---

① 海天独啸子：《女娲石》，董文成等编《中国近代珍稀本小说》（第三册），春风文艺出版社，1997，第48、49页。

义的封建伦理制度，还加入了爱国保种的现代民族意识，为了实现民族大义，要求女性完全压制住个人的情感和欲望。金瑶瑟对这些要求表示完全接受，她愿意为了实现心中的理想，拯救衰落的国家，放弃并牺牲一己情欲。在金瑶瑟的认识中，个人的私欲并没有那么重要，只要能灭国贼，拯救民族国家，救万民于水火，任何条件都是可以接受的。从这四条宗旨可以看出，天香院的女子们将救国与灭私欲完全画上了等号，认为只有"抑情"才可救国。在这里，女性"新人"们视男性和性爱为敌人，革命理想与个人情爱、民族大义与生命本真的欲望处在了完全对立的位置。

在现代性的发展历程中，欲望与理性的冲突始终相伴存在，随着现代性的诉求在人的心理层面展开，世俗的欲望（包括性欲望）逐渐被视为人的自然权利。晚清社会中提出的"自由结婚"的口号就是这种观念在中国的反映。但是，个人欲望的被肯定，往往是与对更大的群体（如党派、民族、国家）的理性认同相伴而生的。一方面是欲望所代表的个人主体性的合法化，另一方面是现代性的全盘变革所要求的社会制度的大变革，而后者往往以压倒性的优势取消了前者的合法地位。在20世纪初的中国，因为现代性进程受到具体历史进程——民族国家前途命运的影响，一切行为以挽救民族国家危亡为前提。因而，国家政治观压抑着个体欲望的自由表达，成为文学创作中的一个重要现象。晚清时期，一方面现代性的发生使个人主体性得到觉醒，另一方面现代性的变革和民族主义思想的兴起也要求晚清社会制度进行改革。这就造成了后者常常以损害前者的合法地位的方式来进行变革。过于强调民族救亡思想，从某种程度上造成了"个人"与国家互相排斥的思想局面。梁启超认为："野蛮时代，个人之自由胜，而团体之自由亡；文明时代，团体之自由强，而个人之自由减。"[①] 从海天独啸

---

① 梁启超：《新民说·论自由》，《梁启超全集》（第二册），北京出版社，1999，第678页。

子在《女娲石》中对金瑶瑟等众多女性人物的描写中可以看出，晚清的男性话语是如何以国家之名对"女国民"提出希望和要求的。对女性来说，她们没有任何属于个人的欲望、价值、权利可言，她们的价值取决于民族和国家的需要。《自由结婚》《女娲石》这些小说中"抑情"救国的"女国民"非常典型地展现了晚清时期在现代性和民族主义并行的社会语境中所形成的独特性格和与众不同的人生历程。

二　激进—平和的女权实践者

在救亡图存的时代大背景下，女性的社会功能被前所未有地拔高，女性的爱国情怀和独立精神也空前高涨。与此同时，晚清时期小说的教化功能也进一步得到强调，"小说救国"和"女子救国"在民族话语下相交会，一些书写爱国新女性的作品顺势出现。在宣扬女权和追求独立自主的道路上，采取何种方式实现个人独立，获得与男性同等的社会地位和权利，出现了两种不同的声音。有的主张通过激进暴力的手段获得女权，拯救民族国家，譬如《自由结婚》中的女主人公关关。关关幼年入学，后参加革命，加入光复党，成为革命骨干，负责训练军队，准备发动革命，改革国家现状。有的则主张通过平和稳健的方式逐步改良。在众多的晚清小说中，对两种变革路径的探讨最为深刻细致的，莫过于《女狱花》这部小说。《女狱花》以宣扬女权为己任，创作的焦点在于采取何种方式才能实现女权主义在晚清社会流行，以达到男女平等、改革民族国家的目的。小说塑造的两个主人公——沙雪梅和许平权，无疑都是宣扬女权思想、提倡女性独立的晚清"女国民"形象。在对女权实践不同路径的探讨中，作者王妙如力求在女权运动的全方位视野中展开想象和叙述，在有限的篇幅中极力刻画出两位追求女性独立地位、性格鲜明的女性"新人"形象。以此为基础，讨论两种实践女权的方式，进而归纳和总结晚清时期的女权运动。

小说主人公之一沙雪梅，是一个主张通过暴力的激进手段来为女性争取独立自主地位的"新人"。她是激烈党的核心领袖,一个寓言化的人物。《女狱花》的前七回叙述了沙雪梅从受奴役的家庭妇女转变为立志组建激烈党的革命志士的过程。在这个过程中,我们看到了封建社会男性话语权力对女性的压制和奴役,以及女性对男性压制的反抗和渴望获得独立自主地位的愿望。沙雪梅出生于习武之家,是家中独女,所以自然而然得到了父母的宠溺。受家庭环境的熏陶,她也练就了一身好武艺。成婚之后,她开始逐渐觉醒,面对丈夫对自己的禁锢,又目睹了洋人对中国妇女的凌辱,她对女性在封建家庭中的悲惨处境感到愤懑,并力求打破这种状态。《女狱花》从第二回开始详细描述了沙雪梅在现实生活中遭遇的男性对女性的各种压迫:父亲完全没有征求自己的意见便强行把自己嫁给了秦赐贵,她毫无婚姻自由;丈夫是个迂腐封建的秀才,常常用封建礼教的各种条条框框束缚她:"做女子的应该坐在深闺刺绣,岂可在外闲走?……你不看见书上说'女子十年不出闺门'与那三从七出的道理么?"① 沙雪梅不服他的专横与限制,他便屡屡施以打骂,诬陷她有了外遇,故意羞辱她。种种来自封建男权社会的压迫使性格暴烈的沙雪梅忍无可忍,将丈夫打死,而后主动去官府自首。此时的她,由于读过斯宾塞《女权篇》,已经明白了男女拥有同样平等自由权利的道理,有了追求妇女解放争取独立地位的要求,所以即便被捕入狱,仍然在监牢里向女犯们控诉妇女的不幸和痛苦,号召她们起来反抗。她的这段演讲非常鲜明地体现了她的女权意识和激烈的斗争精神:"上受公婆的差役,下听冤家的话说,此中苦楚,正如哑子吃黄连,说也说不出来。然我们既受男贼的种种苦痛,假使男贼对我们同心合意,如贴身奴隶一般,倒也气得过去。哪知这男贼外则待我们如奴隶,内则防我们如盗贼,你想男贼身边,铺床叠被捧茶盛饭的无非女人,我们并不疑心他做出什么外事,

---

① 王妙如:《女狱花》,章培恒主编《中国近代小说大系:女子权·侠义佳人·女狱花》,百花洲文艺出版社,1993,第720页。

那知我们与男子，即谈几句闲话，男贼就当作犯了什么奸情，防备的十分紧密。咳！男贼待我们，什么夫妻不夫妻，直是奸奴贼婢呢。且种种不平等之事，说来犹令人发指……请众位仔细想想，男贼待我们，何尝有一些配偶之礼，直当我们作宣淫的器具，造子的家伙，不出工钱的管家婆，随意戏弄的玩耍物。咳！男贼既待我们如此，我们又何必同他客气呢。我劝众位，同心立誓，从此后，手执刚刀九十九，杀尽男贼方罢手。"① 这是一篇饱含血泪、义正词严的来自封建旧社会的女性控诉书，写尽了封建旧社会女性遭受的肉体和精神上的种种折磨，突出地表现出沙雪梅这一人物追求个人独立的激进态度，是晚清女权主义思潮中非常有代表性的人物形象。沙雪梅对男性的控诉，对包办婚姻的批判，对"自由结婚"的倡言，突破了传统伦理的界限，体现出极强的独立意识和女权色彩。

除了主张暴力手段打破男性对女性的压制，沙雪梅还组织了伸张女权的激进党，主张用暴力、杀戮的激烈手段维护女性的权利，打破旧有的社会制度，建立新的秩序。晚清社会的女性没有独立的人格尊严和社会地位、以男权为中心的社会制度，形成了男主女从、夫为妻纲的社会环境。在女性处处被歧视、处处受限的文化环境中，传统女性并没有将自我视为一个独立的个体去参与社会公共活动，而是遵从男性的思想观念，把自身看作男性的附属品，一生过着操持家务、相夫教子的生活。沙雪梅就是要极力打破这种对女性的限制，打破这种落后的社会环境。按照激进党的逻辑，每个男人都是"男贼"，而沙雪梅一拳打死桎梏她、压迫她的丈夫也就不足为怪了。沙雪梅的观点代表了晚清激进一派的"女国民"对女性独立地位的追求与拼搏，非常鲜明地展现了晚清女性"新人"群像的一个方面，体现了激进派的女权实践行为。与之相对应地，小说中的另一女主人公许平权，则更

---

① 王妙如：《女狱花》，章培恒主编《中国近代小说大系：女子权·侠义佳人·女狱花》，百花洲文艺出版社，1993，第 725~726 页。

多地体现了作者本人的女权思想和主张。沙雪梅主张通过暴力手段反抗男性的压迫与奴役，而许平权则主张以相对平和的手段逐步实现男女平等，以求达到女性独立的目的。

小说安排了沙雪梅与许平权关于女界革命究竟应该以"激烈"还是"平和"的方式来相互辩论的情节。与沙雪梅的暴力手段不同，许平权推广女权的实践和观点都更为稳健。沙雪梅争夺女权的方式是较为激烈直接的，她直接选择了与男性来争夺权利。而许平权所代表的平和党则首先选择了争取恢复和获得女性基本的公民权利，继而谋求与男性平等的社会地位的平稳方式。无论是在才能、言行还是情爱观念上，许平权都表现出了完全不同于传统女性的现代品质。透过人物的名字——"平权"，我们便可想见，这个人物代表着希望男女平权、争取女性权益的美好期望。她以完备的国民常识、良好的表达能力和高效的行动能力，彰显出晚清成熟的女国民的主体性和创造性。许平权有国外留学经历，少年时学习地理、历史等科目，"六七岁时，已明世界大势"①，成年后东渡日本，在师范学校进一步学习。与沙雪梅截然不同，许平权的"女权观"更侧重于女性的独立自强，主张通过渐进的改良方式，使传统女性走出家庭，走向社会，从而提高女性的社会地位和生存能力，进而普教女界。小说写到沙雪梅、许平权在客栈为"女界革命"进行激烈的辩论，许平权三次否定了沙雪梅主张的暴力手段的革命。在她们的辩论过程中，许平权主张以平和的手段逐渐实现男女平等，她与沙雪梅相比，无论是女权意识，还是实践层面，都更理性也更进步。沙雪梅体现了晚清新女性冲出旧家庭的压迫，寻求个人独立的果断勇敢的一面，而许平权则侧重于表现晚清新女性的国民自觉和现代精神。在对待男性的态度上，沙雪梅采取"仇之杀之"的态度，而许平权则主张"和之用之"的方式。激烈党强调的是

---

① 王妙如：《女狱花》，章培恒主编《中国近代小说大系：女子权·侠义佳人·女狱花》，百花洲文艺出版社，1993，第746页。

男性强权给女性带来的深重灾难和压迫，平和派则在此基础上向前更迈进了一步，强调对女性自身思想落后方面的反省，提出"若要权利，先贵独立"，"有自由的资格，方能享受自由。没有自由的资格，决不能享受自由"。① 从追求个人独立的两种不同方式来看，许平权这些观念的提出，显示出她并不赞成将男女社会地位的不平等、男尊女卑的现状狭隘地归咎于封建社会根深蒂固的性别观念的自省意识。她认为女性要想享有和男性一样的权利，就必须先承担和男性一样的国民义务，突破传统的陈规陋习，广增才智，救己救民。同时，她还颠覆了以往两性对立的看法，认为女性应该与男性一起承担救亡图存的家国重任。"凡流血革命，施之于不同国土，不同宗教，不同语言，不同种族，一无爱情的人，很是容易。女子与男人，同国土，同宗教，同言语，同种族，爱情最深，革命安能成呢？"② 许平权认为，要想真正实现男女权利的平等，就要实现男女在权利和义务上的统一而非对立，而要想女权革命真正有所成效，就必须改革教育。她认为一味强调强权而将义务置之不顾的暴力革命无法从根本上取得成功，要想真正突破封建传统礼教对女子的束缚，改变女子的社会地位，最切实有效的途径就是改良女性的受教育状态。"今日普通女子，一无学问，愚蠢不亚于马牛。若即把他自由，恐要闹出大学程氏一大笑话来了。"③

　　沙雪梅与许平权的大辩论最终未能达成共识，无果而终。在小说的最后，重权利轻义务的暴力革命没能取得成功，沙雪梅等七十多位义士也因革命失败而捐躯。而许平权留学结束后顺利归国，以兴办女子学校来宣扬自己的女权主张，她呼吁广大女性将对男性强权的憎恨

① 王妙如：《女狱花》，章培恒主编《中国近代小说大系：女子权·侠义佳人·女狱花》，百花洲文艺出版社，1993，第742~743页。
② 王妙如：《女狱花》，章培恒主编《中国近代小说大系：女子权·侠义佳人·女狱花》，百花洲文艺出版社，1993，第741页。
③ 王妙如：《女狱花》，章培恒主编《中国近代小说大系：女子权·侠义佳人·女狱花》，百花洲文艺出版社，1993，第743页。

转变为对自身无能的憎恨，鼓励女性将原来用在化妆打扮上的精力用来研究学问，多学知识提升自我。通过她的推广和号召，国内掀起兴办女子学堂的浪潮，封建传统女性逐步向有文化有担当的新女性转变，赢得了广大男性的尊敬。男女两性的权利得到空前的平等，女权革命取得胜利。王德威提出："沙雪梅和许平权在寻找新的女性定位时，相互讨论而意见不合，是中国女权意识复杂化的关键一步。"① 确实如此，《女狱花》中沙雪梅和许平权作为推广女权的实践者，同时也体现了两种截然不同的革命方式。沙雪梅是勇敢走出闺门，向封建君权、夫权抗衡的英豪女杰，体现了晚清小说中女性"新人"的独立性。而许平权不仅走出了闺门，还走出了国门，她广泛宣讲新思想和新观念，提倡两性平等，通过稳健平和的方式获得了男女平等的权利。许平权的言行与主张，说明她已经摆脱了封建礼教的规范，主张女性与男性一样，都能发挥社会作用，既能在家庭中做好女儿、好妻子、好母亲，又能在社会上追求个人独立的地位，做优秀的社会事务的组织者、管理者，充分体现出晚清妇女的觉醒意识。同时，在追求个人独立解放的道路上，还坚持自我批判、自我反省，一分为二地理性看待社会问题，反映出晚清时期的女性意识已从传统向现代进行了有效转变。许平权这一人物突出展示了晚清小说中女性"新人"形象成熟的国民观念、主体意识和启蒙精神，展现了相对成熟的"女国民"形象。

在探讨推广女权的实践方式上，对于女权的诠释与实践是一个循序渐进的过程，《女狱花》中"激进—平和相间"模式的辩证运用，所关注的女权的获得及相应的策略，体现出晚清时期女性在追求个人独立的社会地位的过程中的多种可能。鲁迅先生有言："中国人的性情是总喜欢调和，折中的。譬如你说，这屋子太暗，须在这里开一个窗，大家一定不允许的。但如果你主张拆掉屋顶，他们就会来调和，

---

① 〔美〕王德威：《被压抑的现代性——晚清小说新论》，宋伟杰译，北京大学出版社，2005，第192页。

愿意开窗了。没有更激烈的主张，他们总连平和的改革也不肯行。"①鲁迅先生的这段话正显示出在晚清时期的中国社会，进行文化启蒙和妇女解放的改革道路的艰难曲折，也说明了"激进—平和"的社会改造模式在中国现代化进程中相互纠缠出现的历史必然性。关于践行女权的"激进—平和"的两种模式的讨论，为新的"女国民"的成长提供了丰富的思想资源。在晚清救亡与启蒙的思潮中，女性的社会价值被重新建构，女性亦被赋予报国重任，承载着救亡图存的理想。在女子权利得到解放的过程中，难能可贵地展现出了晚清女性的主体意识，也有力彰显了民族存亡关头女性救国救民的使命感和责任感。晚清众多描写女性"新人"形象的作品对当时社会产生了巨大效用，深刻地影响了晚清女性的日常生活、情感状态和精神样貌，并因此参与到"女国民"的培养和生成过程之中。在时代氛围与文学创作的双重场域里，对个人独立地位采取不同追求方式的女性"新人"们，亦成为20世纪中国文学史上别具特色的景观之一。

三　先进"女学生"形象

晚清是一个女权革命的时代，诸多接受了新式教育的女性知识分子，都号召女子争取自己的受教育权、婚姻自主权、参政议政权等各项民主权利，进一步深化了妇女解放意识和主体意识。女权启蒙者纷纷以女性报刊、小说等为话语媒介鼓励广大女子参政，为挽救民族危亡贡献力量。因而在晚清小说中，也出现了一些具有主体精神的女性爱国者形象。在这些人物形象当中，女学生占据了主体部分。女学生，既是一种女性人物身份，也是晚清社会语境下知识分子想象民族国家的重要表征。晚清时期，女学生是第一批走出家庭踏入社会的先进女性，其"迈出闺阁"的举动所展现出的勇敢进步的品质，已经足够展

---

① 鲁迅：《无声的中国》，《鲁迅全集》（第四卷），人民文学出版社，2005，第14页。

现她们对现代女性权利的主动追求。同时，女学生因接受教育而了解世界潮流，知晓国家大事，这也使她们更易具备启蒙思想和主体意识。1904年，《女子世界》杂志曾选录上海务本、爱国等女校课本上刊印的歌曲。其中一首《女学生入学歌》是这样勉励当时的女学生的："二十世纪女学生，美哉新国民……爱国救世宗旨高，入学好，女同胞。缇萦木兰真可儿，班昭我所师。罗兰若安梦见之，批茶相与期。东西女杰并驾驰，愿巾帼，凌须眉。"[①] 而肩负着救亡图存重任的晚清小说家也纷纷塑造出了一批个性鲜明的女学生形象，例如《女子权》中为女权运动做出杰出贡献的袁贞娘、区继昭，《娘子军》中致力于发展教育事业的赵爱云，《女狱花》中以振兴女学为己任的许平权，等等。这类女性形象既致力于传播女权思想，也意在凸显晚清时代语境下民族救亡的强烈诉求。这种共同倾向是在晚清现代民族主义思潮影响下产生的，因而小说中塑造的这些人物也毫无例外地具有爱国救亡的民族心理和主体精神。例如《娘子军》中的女学生赵爱云，酷爱读书，特别喜欢研究新学，尤其喜欢阅读西方宣传启蒙思想和科学技术的书籍。她不仅熟读斯宾塞的《女权篇》，还因此产生了自己独特的思考。在西方女权思想的影响下，赵爱云将"救济同胞唤醒女界"作为自己的人生目标，致力于改良社会，推动女性个人解放。小说通过对这些女学生学历背景的描述，成功彰显出她们的知识造诣，体现了女学生这一群体在晚清女界的重要作用。进步的女学生们对当时女性的社会地位以及应享有的权利具有清晰的认识，她们宣传女性独立，鼓励女子参政，呼吁女子担负起救国救民的历史责任，非常鲜明地代表了晚清成熟"女国民"的形象。

思绮斋在她的小说《女子权》中所塑造的女性袁贞娘，是一个极具救世强国情怀和从政意愿的新女性形象。她原本是汉口启化女子中

---

① 夏晓虹选编《〈女子世界〉文选》，贵州教育出版社，2003，第327页。

学的学生，因为与邓述禹的自由恋爱遭到父亲的强烈反对，选择了投水自尽，在被救起之后历经波折，来到天津《津报》报馆工作。袁贞娘感慨于自己的亲身经历，在《津报》发表了文章《女权篇》，创办了《女子国民报》，宣扬女权主义，希望为女性争取更多的权利和自由。作为接受了新思想新知识的女学生代表，袁贞娘的先进性首先体现在她大力宣扬女子应当具备参政议政的权利。袁贞娘受过高等学堂教育，是传统封建社会少有的先进知识女性，小说中写道，当她学习了西方妇女争取选举权的知识后，她领悟到了中国女子在参政议政权上的缺失，认为女子政治角色的争取不仅在部分西方国家困难重重，在中国更是任重而道远。小说第六回写到美洲合众国的女权问题，妇女参政的请求由于种族差异而被议院阻挠，于是"万国女权会"在美洲应运而生，协会邀请了中国妇女入会，并希望能够在中国各省设置分会，以此来扩大女权会的影响。袁贞娘知道后，求助外国公使夫人，希望公使夫人能够帮忙说服清政府，为中国妇女争取到参政议政的权利。然而上议院否决了妇女参政议政的提案，其理由是，中国妇女的文化程度和政治素养尚未达到参政议政的水准。这次事件，让袁贞娘意识到，仅仅依靠外国公使夫人的帮助很难为中国妇女争取到参政议政的权利。针对本国的这项问题，袁贞娘将女子教育作为为女性争取政治权利的新的突破口。为了提高妇女的文化水平和技术能力，袁贞娘创办女子学校，推广女学，创办《女子国安报》，提倡女性参政议政。袁贞娘为扩大宣传影响，还在游历外国途中进行了一场演说，她以天赋人权为出发点，引出男女在身体和智力上的平等性，进而阐述男女国民应该同等承担保家卫国的责任，享有参政议政的权利。通过袁贞娘等人的不断尝试与努力，清政府终于下令开放女权，中国妇女也终于争取到了政治地位，中国社会逐渐完成男权社会向男女平等社会的转变。

除了追求参政权利之外，袁贞娘的国民意识和进步思想还体现在，她认为女子若想实现个人解放，必须实现精神独立，不再有依靠男性的想法。认为女性首先应该实现自立自养，要有独立地在社会中生存的能力，从思想上真正摆脱愚昧，继而争取自己的权利，实现与男子平权。这些思想观念放至现在依然是非常进步且具有女权意识的。袁贞娘对女性独立自主有着深刻的认识："一则呢，学术不讲，没有自治的精神；二则呢，工艺不兴，没有自养的能力。不能自治，不能自养，就不得不在在都仰仗于男子；在在都仰仗于男子，就不得不俯受男子的约束。由是男子对于妇女，当他玩物看待，就教他约足修眉，供自己取乐；当他奴隶看待，就教他侍巾执爨，供自己使令；当他财产看待，就将他作价贩卖，供自己挥霍……若要给他自由，除非大兴女学，教他个个有自治的精神；广授女工，教他个个有自养的能力。能自治能自养，然后能自立，不必在在仰仗男子。到了能够自立，不用在在仰仗男子，然后可以自由。"① 因此，她大力宣传振兴女工，以求女子脱离男子自立。她借助华侨林夫人的帮助积极筹划设立女工传习所，以宫廷翻译身份到各国学习女性工厂创办的经验，在"每省设一女工总传习所，其余各府州县，每一府州县设分传习所十处……所传习的工艺，不必专务新奇，只求适用"。② 省传习所以教授如何使用机器为主，各府州县则以教手工技术为主，使每一位女学员都能掌握一门谋生技能，不再受男性的制约，将女性从价值的分享者变成价值的创造者。袁贞娘此举的目的，就是通过女性经济和精神上的双重独立，达到与男性一样的独立性与主体性，实现自立自养。晚清社会的"女国民"观念也是主张女子自立的，张竹君在上海爱国女校欢迎会上的演说中就谈道："欲言救国，必先教育，欲先教育，必先于女子，

---

① 思绮斋：《女子权》，章培恒主编《中国近代小说大系：女子权·侠义佳人·女狱花》，百花洲文艺出版社，1993，第6~7页。
② 思绮斋：《女子权》，章培恒主编《中国近代小说大系：女子权·侠义佳人·女狱花》，百花洲文艺出版社，1993，第62页。

而女子所宜先者，则首自立自爱，次则肆力学向，厚结团体。"① 这里所说的自立，就是要求女子首先要实现自我独立，在经济和思想上都不再依靠男子。秋瑾的《中国妇人会章程》第四章中也指出："蚕桑、编织、刺绣以及各项美术，倘能实力振兴，尤为女界自立之基础，本会主张女学发达，自以讲求此项实业为重要，或设讲习所，或设女工厂，按期设展览会，以相竞赛，以期知识交换，制作日精，不致再以前日依赖之习惯，为累男子。"中国妇人会亦认识到女性自立自养的重要性，要求入会女性具备独立养活自己的能力，不依附于男性和家庭，这也是实现男女平权的一个重要前提条件。因此，作为"女学生"代表的袁贞娘非常充分地体现了晚清"女国民"的形象特质，也是一个非常理性、富有启蒙意识的"新人"形象。

晚清时期西方女权主义思潮对中国传统的男尊女卑思想形成了巨大的冲击，西方的女权思想宣扬女性具有接受教育和参政议政的同等权利，对晚清社会的"女国民"思想具有启迪作用。《女子权》极具开创性地讲述了袁贞娘这样一个晚清新女性形象，她作为宣扬女权、救亡图存的代表，一方面为女性的参政议政权而呐喊，另一方面呼吁女性自立自强，主张广大女性担负起振兴民族的社会责任。作者通过描写袁贞娘从备受父权压迫的弱女子到救己救世的新女性这样一个形象上的根本改变，来激发广大女性的女权意识和家国意识，这与金天翮在《女界钟》里倡导女性投身家国事业的想法不谋而合。金天翮在《女界钟》里写道："女子而参预政治乎，是可决矣。吾祝吾女子之得为议员，吾尤愿异日中国海军、陆军、大藏、参谋、外务省，皆有吾女子之足迹也，吾更愿异日中国女子，积其道德、学问、名誉、资格，而得举大统领之职也。"② 袁贞娘通过兴办报刊、创办女校、呼吁女性参政、创

---

① 张竹君：《在上海爱国女校上的演说》，《警钟日报》1904 年 5 月 2 日。
② 金天翮：《女界钟》，夏晓虹编《中国近代思想家文库·金天翮吕碧城秋瑾何震卷》，中国人民大学出版社，2015，第 10 ~ 11 页。

办女厂等一系列实践,为晚清女性解放发声,实现了自身救国救民的家国情怀。成熟的"女国民"形象对晚清女权主义思想的发展同样具有积极的作用,激发了晚清女性突破传统思想束缚、接受新思想新角色的启蒙意识,具有显著的社会价值。

第四节 女性解放的个例:情欲自由的傅彩云

清末新小说中不但塑造了像黄绣球、袁贞娘、许平权这样的新女性,也描写了一些富有新意的传统女性,狭邪小说所塑造的妓女形象便是其中的典型。狭邪小说作为晚清文学发展的重要现象,其兴起及没落印证了晚清时期新秩序代替旧秩序的过程。妓女既是产生于封建社会的旧人物,又蕴含着对封建腐朽秩序的强烈冲击。她们受到旧社会的唾弃,也不被新时代所接受。维新思想家所倡导的"新民"并没有将妓女纳入,而是将其作为"新女性"的反面教材,认为她们是假借新思潮的伤风败俗的堕落女性。她们所谓的"新",通常被大众定义为堕落放荡。在当时,就有很多女性是被参照妓女贴上"女新人"标签的,贬义的"新女性"在某种意义上就如同妓女一般堕落。20世纪初期狭邪小说中的妓女形象往往不受男性主导,这引起了男性的惶恐不安。妓女群体追求自由情感,保持相对独立的经济能力,并充分拓展自己的社会能力。她们具有明显的女性解放色彩,散发着超越时代的"先进性"。但是,这些正面特征并没有得到人们的认可和接受,小说中的妓女形象基本上还是负面人物,受到贬斥与丑化。这与正面刻画的救国女豪杰形象形成了鲜明对比,也造成了一种内在矛盾。但是,如果我们研究一下当时的小说作品就会发现,妓女与女豪杰之间的交集也很常见。妓院中的妓女和正义的女豪杰既有正恶对立的一面,又有追求女性解放的共同意义。有些小说作品中,女豪杰的活动空间恰好就在妓院，她们通过妓女的身份来伪装自己，方便进行革命活动。比如《女娲石》中塑造的女性，都是貌美如花的年轻姑娘。她们利用自己的美貌进行伪装，从而方便进行暗杀任务和颠覆活动。在封建社会的传统思维中，美色或身体往往只供男人玩赏，或者被女性用来谋生，但是，在20世纪初的小说作品中，美色通常会被赋予一定的政治意义和社会价值。《女娲石》中的女性人物就试图通过利用自己的肉体来获得"崇高"的利益，女性的身体被当成可以交易和利用的革命资源。

20世纪的文学作品中，女性在追求个人解放和民族解放上的矛盾，在女权运动中始终存在。反面的妓女形象和正面的女豪杰形象，都一定意义上彰显了女性思想解放。妓女的个体解放固然是十分片面和不成熟的，她们的奋斗历程更是在复杂社会环境中的求生本能，也正因如此，她们比传统的贤妻良母更加懂得独立自主的意义，就比如我们接下来要分析的女性"新人"傅彩云。

《孽海花》中的女主人公傅彩云，妓女出身，没有受到晚清女学的启蒙。但是，就是这样一个既新又旧、既前卫又落后的女性，在作者的笔下折射了中国晚清近三十年的真实历史，也成为晚清小说众多女性形象中别出心裁的一个——如果说"国民母"与"女国民"是男性站在启蒙者的角度对女性进行启蒙教育，是女权观念推广之后形成的人物形象，那么，傅彩云就彰显了女性启蒙的潜在风险：受到新思想新知识启蒙的女性，未必会依顺男性的指定方向转变成救亡图存的新女性，而可能别具一格地形成"新"的姿态，蕴藏着某种不可预测的可能性。

傅彩云在生活作风上比传统晚清小说里塑造的任何荡妇形象都更放荡不拘，她向下委身于男仆，向上勾引德国军官，甚至在旅途中与船主苟且，她偷欢的对象身份各异。而作者并没有以传统思想道德观念为由对她进行大肆讨伐。她放荡不羁的个性，一方面源自妓女的身份属性，另一方面则是在复杂的生存环境下对封建男权地位的挑战。傅彩云一开始是一名妓女，与状元金雯青成婚后，成了金家小妾。随后金雯青被指派出使德国,金雯青的夫人称病不能随行,就让傅彩云代替,让傅彩云穿着诰命夫人的衣服,陪丈夫前往德国,傅彩云因此实现了身份的大转变。这是一场双赢的交换,正房夫人遵守妇道,不仅没有对丈夫纳小妾心怀不满,反而大度礼让属于自己的礼服,既获取了丈夫的欢心,也避免了国家失掉体面。傅彩云更是在其中实现了多重跨越,一方面她从身份低微的贱妾摇身一变成了"诰命夫人";另一方面,她顺理成章地跳出了家庭的牢笼,甚至走出了国界。傅彩云没有顾忌中国礼仪之邦的传统约束,入乡随俗,学习外国人的着装风格和礼仪举止,从外形上先进行了"新"的转变。同时,为了以新的身份更好地融入西方,她主动研习外语。在前往德国的旅途中,她与俄国女郎夏雅丽相识并成为朋友,夏雅丽教傅彩云德文,傅彩云很快学会了日常基本用语,这为她能够在德国公共场合言行自如奠定了基础。言语上的优势让傅彩云有资本从丈夫那里获得财富,实现经济独立。与此同时,语言优势让她得以活跃于各种社交场所,得到广泛认可,提升了自己的人生价值。譬如小说第十回中,傅彩云受邀觐见德国皇室,丈夫对她说当年公侯夫人到英国访问,凭借出色的茶艺,在手工赛会场上光彩夺目,如果傅彩云能有这样的茶艺就能避免丢脸。"彩云听着,心中暗忖:老爷这明明估量我是个小家女子,不能替他争面子,怕我闹笑话。我倒偏要显个手段胜过侯夫人,也叫他不敢小觑。"① 傅彩云因此彻底展示了她的潜质,她在与德国上流社会名媛们的交际中如鱼得水。小说描绘了傅彩云在德国上流社会参与社交时的风采。第十二回这样描述道:"倒是彩云兴高采烈,到处应酬:今日某公爵夫人的跳舞,明日某大臣姑娘的茶会,朝游缔尔园,夜登兰妪馆,东来西往,煞是风光。彩云容貌本好,又喜修饰,生性聪明,巧得人意,倒弄得艳名大噪起来。"② 傅彩云出使德国的经历在当时社会看来异常地

---

① 曾朴:《孽海花》,华夏出版社,2013,第69页。
② 曾朴:《孽海花》,华夏出版社,2013,第78页。

特别和"进步"，展现了晚清女性个人解放的成果，也展示了个人解放后的女性的人生价值。

傅彩云的个人解放更集中地体现在自己对情欲的追求上，她理直气壮地要求情欲的自由，在小说中具有惊世骇俗的效果。小说描写金雯青捉奸傅彩云和奴仆阿福，在震惊中不慎跌倒。傅彩云首先还假装一心服侍丈夫，不料被金雯青一把推开，小说这样写道："彩云趁势一扭身，鼻子里哼哼的冷笑了几声，抢起空杯，就往桌子上一摔。雯青见彩云倒也生了气，就忍不住也冷笑道：'奇了，到这会儿，你还使性给谁看！你的破绽，今儿全落在我眼里，难道你还有理吗？'雯青说罢话，只把眼儿觑定彩云，看她怎么样。谁知彩云倒毫不怕惧，只管仰着脸剔牙儿，笑微微的道：'话可不差……我的性情，你该知道了；我的出身，你该明白了。当初讨我时候，就没有指望我什么三从四德、七贞九烈。这会儿做出点儿不如你意的事情，也没什么稀罕。你要顾着后半世快乐，留个贴心服侍的人，离不了我！那翻江倒海，只好凭我去干！要不然，看我伺候你几年的情分，放我一条生路，我不过坏了自己罢了，没干碍你金大人什么事……若说要我改邪归正，啊呀！江山可改，本性难移。老实说，只怕你也没有叫我死心塌地守着你的本事嘎！'说罢了，只是嘻嘻的笑。"[1] 傅彩云本是偷情，应该觉得理亏，心有愧疚，然而她振振有词，直接正面表达了自己的情欲追求，反倒让丈夫无话可说。后来她又和三儿私会，被三儿的夫人抓到，张夫人本想以传统妇道教育傅彩云，怎料"彩云不等张夫人说完，别转脸冷笑道：'什么叫做体统？动不动就抬出体统来吓唬人！你们做大老母的有体统，尽管开口体统、闭口体统。我们既做了小老母早就失了体统，哪儿轮得到我们讲体统呢？你们怕失体统，那么老实不客气的放我出去就得了！否则除非把你的诰封借给我不还。'说着，仰了头转背自

---

① 曾朴：《孽海花》，华夏出版社，2013，第155页。

回卧房。张夫人陡受了这意外的顶撞，气得一佛出世，二佛涅槃。彩云也不管"。[①] 傅彩云与张夫人理直气壮地进行争辩，既是为自己的情感自由进行辩护，也是在挑战封建传统道德的束缚。此时的傅彩云还只是在闺房内放荡不羁，而在丈夫金雯青去世之后，傅彩云采取的举动，则更加直接地体现了她挑战封建礼教的强大魄力。

在第二十六回中，写到金雯青去世还不足一百天，傅彩云便萌生了离开金家自立门户的想法。张夫人无奈找到丈夫的好朋友陆拳如和唐卿，让二位帮忙出谋划策。傅彩云突然闯入房中打断他们的商讨："一进门，就站在张夫人身旁朗朗的道：'陆大人说我没天良，其实我正为了天良发现，才一点不装假，老老实实求太太放我走……在那时候，我何尝不想给老爷挣口气，图一个好名儿呢！可是天生就我这一副爱热闹、寻快活的坏脾气，事到临头，自个儿也做不了主，老爷在的时候，我尽管不好，我一颗心，还给老爷的柔情蜜意管束住了不少；现在没人能管我，我自个儿又管不了，若硬把我留在这里，保不定要闹出不好听的笑话，到那一步田地，我更要对不住老爷了！再者我的手头散漫惯的，从小没学过做人家的道理，到了老爷这里，又由着我的性儿成千累万的花……我阔绰的手一时缩不回，只怕老爷留下来这点子死产业，供给不上我的挥霍，所以我彻底一想，与其装着假幌子糊弄下去，结果还是替老爷伤体面、害子孙，不如直截了当让我走路，好歹死活不干姓金的事，至多我一个人背着个没天良的罪名，我觉得天良上倒安稳得多呢！趁今天太太、少爷和老爷的好友都在这里，我把心里的话全都说明了，我是斩钉截铁的走定的了。要不然，就请你们把我弄死，倒也爽快。'"[②] 傅彩云这一顿滔滔不绝的说辞，让众人惊愕不已。她不仅仅对封建社会两性关系进行冲击，而且对封建礼制和传统道德伦理展开挑战。傅彩云不但主动追求个人情欲的满足，也

---

① 曾朴：《孽海花》，华夏出版社，2013，第 241~242 页。
② 曾朴：《孽海花》，华夏出版社，2013，第 200~201 页。

追求个人社会地位的独立，她对自身个人解放的要求，弥补了晚清"国民母"和"女国民"们某种程度上的欠缺。傅彩云作为晚清小说女性人物中个性张扬的"新人"代表，是一个非常独特的存在，她的个人价值得到了突出的显现。

但是，傅彩云依然存在不足之处，她未获得一个崇高的行动目的。她掌握了外语，却没有利用语言优势学习西方科学技术和启蒙思想，以此推动全民族的现代化发展，也不曾如夏雅丽一般立志当一名"救国女子"，为国家富强民族振兴的宏伟理想而奋斗。她从未有过一个"崇高"的理想和目的，也没有成为一个爱国图强的女豪杰，她所做的这一切事情都是围绕物质享受和身体享乐这一个人自由的目标展开的。正如学者刘剑梅所说："当傅彩云穿梭于社会的公众及私人空间时，她淫逸无形的方式其实充满了革命性，让清末的女性话语不得不面对女性性欲和个体选择的问题。"[1] 在晚清民族危亡的社会宏观环境下，傅彩云的泼辣与狂放，反映了传统旧秩序在世纪之交濒临破败的境地。傅彩云体现出了晚清女性个人解放的另一种形态，她执着地追求个人独立自主，直接地表达自身的情欲需求，在这个层面上她超越了同时代的女性，有着超前性和先锋性，体现出晚清女性"新人"形象别具一格的独特姿态。

---

① 刘剑梅：《革命与情爱——二十世纪中国小说史中的女性身体与主题重述》，上海三联书店，2009，第 286 页。

第二章

异军突起：主体性的出场与突围

1840 年后，在西方列强政治、军事、经济的多重压迫下，民族独立、国家主权和民族尊严都遭受了前所未有的巨大挑战，亡国灭种的民族危机威胁着每一个中国人。鸦片战争爆发之后的短短几十年时间，中国在与西方列强的多次战争中屡屡溃败，晚清知识分子的心态由"开眼看世界"渐渐转变为寻求强国保种的民族危机感。晚清政府与西方列强签订了诸多丧权辱国的不平等条约，这些条约的签订为西方国家思想文化的入侵提供了便利条件。此时的晚清政府面对内忧外患，开始寻求改良变革的办法，希望能够挽救民族危亡。因而中国的现代化历史进程直接起源于 19 世纪中叶西方列强的侵略，是以救亡图存的现代民族主义思潮为背景而展开的。从洋务运动、戊戌变法到清政府实施新政立宪，从兴办洋务到创设新式学堂，从政治革命到思想启蒙，"中体西用"、"师夷长技以制夷"，抑或是"全盘西化"，改良变革的现代观念由被排斥、犹疑、徘徊，到最终被接纳，晚清社会逐渐迈向了现代化进程。晚清以来中国社会逐渐迈向现代化的发展历程，使得当时社会各阶层人士都对"现代"一词充满了渴望，中国人对未来的想象始终被现代文明的信念所鼓舞。晚清文学，便也围绕着文明与现代的主题，将挽救民族危亡，促进国家现代化的民族主义情绪发挥到了高潮。作为知识分子重要话语形式的小说，形象地记载了晚清知识分子对中国未来现代化的想象。观察晚清时期的小说创作，我们可以发现，晚清时期许多小说作品中塑造的人物，都已具备了作为一个现代"新人"的主体意识。他们对自身历史使命感、社会责任感的自觉担当，对挽救民族危亡、塑造现代国民性格的强烈要求，都集中体现了"新人"形象的主体性特征。

第一节　主体性的出场

一　"个人"的初步觉醒

晚清时期是中国现代"个人"观念的萌发期。在西方列强的打压下，晚清社会内忧外患的现实处境越来越严重，传统中国人逆来顺受的盲从观念开始遭受质疑，"人命在天"的封建思想发生瓦解，并初步萌发出现代个人意识。在传统社会，作为个体的个人往往被"上天""皇帝""朝廷"等庞大的概念遮蔽，而具有个体自觉意识和权利主体意识的现代"个人"观念并未产生。在封建社会的主流意识形态中，人不是独立存在的个体，而受制于天命和皇权，"天道"和"君权"对个人具有绝对的权威性，个人则充分体现了封建社会的奴性色彩，没有独立自主的地位。个体的人作为一种最真实、最具体的存在，在很大程度上被有意无意地忽略和架空，被视为封建伦理道德的规范对象、等级制度中的组成部分。鸦片战争之后，随着西方现代思想的传入，传统中国社会文化、思想意识形态的动摇，"天道"和"君权"的神圣性与权威性被渐渐消解，个人的独立性和主体性得以逐步确立。天朝上国，这一清政府自诩形象的破灭，体现出封建专制制度、中央集权制度、儒家正统观念正逐步遭受破坏，意味着以"天"为核心建构起来的古代中国社会进入了全面危机的时代。一切社会秩序，包括政治制度、社会风俗、道德规范、价值观念都难以为继。而个人逐步加强其主体性，成为有思想、有意志、有独立价值的存在，"人道"逐渐摆脱"天道"的制约。甲午中日战争之后，中国的惨败更是让国人的思想和态度产生剧烈波动，对外认识不断加深。到了戊戌变法之后，中西文化进入了全面接触、交流的阶段，西方各国从器物层面和政治层面对中国进行文化输入。在西学东渐的时代氛围中，一些思想进步的有识之士选择向西方学习，自觉接受西方国家的先进科学技术和进步思想。如郑观应就提出："治乱之源，富强之本，不尽在船坚炮利，而在议院上下一心，教养有法。兴学校，广书院，重技艺，别考课，使人尽其才。"① 主张不仅要学习西方的器物技术，还要借鉴社会制度的优势。中国知识分子对新的政治思想的追求具体表现为学习西方的政治模式、现代启蒙思想，前往西方各国游历学习，等等。如王韬、郭嵩焘、黄寻仙、张德彝、康有为等人都有国外留学的经历，他们在西方资本主义国家先进的政治制度面前感受到了晚清封建体制的腐朽没落，并成为之后推动社会改革的中坚力量。在晚清进步的知识分子的推动与努力下，具有现代意味的个人观念逐渐萌芽。

所谓现代意义上的"个人"，指的是一个单一的、特定的、不可能再次被分割的社会单位。在中国，最早使用具有现代意义的"个人"一词并进行阐释的是梁启超。梁启超在 1902 年撰写的《论政府与人民之权限》中这样说道："国家不过人民之结集体，国家之主权，即在个人（谓一个人也）。"② 将"个人"这一概念引入中国。与现代"个人"观念同时发生的，是晚清时期关于"群"的思想的流传。早在 1895 年，严复有感于中国在甲午中日战争中的惨败，撰写了《原强》这篇文章，表达他对中国国力衰弱的看法，提出社会改良的新观念。在这篇文章中，他向中国人介绍了一门西方的学问——Sociology，严复将其翻译为"群学"。"群学"在晚清虽然是一个新概念，但"群"这个词是严复从中国古代的思想理论中借鉴过来的。严复曾在两篇文章中提到荀子关于"群"的概念："号其学曰'群学'，犹荀卿言人之贵于禽兽者，以其能群也。故曰'群学'。"③ "荀卿曰：'民生

---

① 郑观应：《盛世危言》，华夏出版社，2002，第 10 页。
② 梁启超：《论政府与人民之权限》，《梁启超全集》（第二册），北京出版社，1999，第 881 页。
③ 严复：《原强》，王栻主编《严复集》（第一册），中华书局，1986，第 16 页。

有群',群也者,人道所不能外也。群有数等,社会者,有法之群也。社会,商工政学莫不有之,而最重之义,极于成国。"① 严复在文中阐释了自己关于"群"这个概念的看法。他提出"身贵自由,国贵自主",不仅吸收了荀子"人之贵于禽兽者,以其能群"的观点,而且融合中西方文化进行了新的解读。严复将个体与群体的关系作为讨论的中心,而当梁启超将"个人"一词带入中国之后,严复很自然地就把它囊括进自己的思想框架之中。他认为"个人"之于社会,"个人"之于国家,是部分之于全体的关系。从这样的定位出发,严复认为群体的价值高于个体的价值,将"群"放置在了"个人"观念之上,得出了"小己大群"的思想。"群"的观念引起了19世纪许多中国知识分子的关注和广泛讨论。王尔敏在《十九世纪中国士大夫对中西关系之理解及衍生之新观念》一文中指出:"对于群体认识之后,很容易产生个人与群体间关系的相对意识。即个人在群体中的地位,并两者的关系价值,必随群体意义的肯定而连带有所解释。于是而有群己权界的分判。自群与己两者关系价值解释,进一步立刻引进两个新观念:一个是社会有机体的观念。他们很快接受并承认个人在民族、国家、社会中间,如同一个物体的细胞,物体与细胞生命的共同延续,息息相关。另一个是由社会有机体观念,再推衍出来'小己大群'观念。就是对待一国家民族的群体而言,个人价值为轻,群体价值为重。"② 总而言之,当西方的现代"个人"观念进入中国并产生萌芽之时,迎面遭遇的正是讨论得非常热门的"群"的概念。现代"个人"观念因此被晚清知识分子纳入"群"的观念体系中进行阐述,"个人"与"群"的关系因而成为中国知识分子讨论的一个中心论题。中国现代"个人"观念的形成与发展,其实就是围绕"个人"与"群"二者之

---

① 严复:《〈群学肄言〉译余赘语》,王栻主编《严复集》(第一册),中华书局,1986,第125页。
② 王尔敏:《十九世纪中国士大夫对中西关系之理解及衍生之新观念》,《中国近代思想史论》,社会科学文献出版社,2003,第34页。

间关系的讨论来铺陈的。这也表明，现代"个人"话语进入中国之初就受到了强大的传统文化的规约和塑造，尤其是在晚清时期——中国现代"个人"观念的萌发阶段，这也必然导致了西方"个人"话语独特的中国特色。

二　现代"国民"的萌芽

在"群学"与"个人"观念的共同催化下，期盼救亡图存的晚清知识分子提出了对塑造新型"国民"的热切要求。晚清时期是广大民众的社会身份由"臣民"向"国民"过渡的时期，人民的社会性格由卑躬屈膝的奴性特征开始逐渐向平等开化的方向转变，这一时期"国民"一词成为当时社会的热点和关键词。晚清"国民"意识的形成，与近代中国救亡图存的忧患意识伴随发生。最早将国民素质视为拯救民族危亡之根本的是严复。他在《原强》一文中指出"鼓民力、开民智、新民德"三者，乃是强国之"本"。[①] 1897 年，孙中山著《伦敦被难记》，谈到中国的政治现状时说："无论为朝廷之事，为国民之事，甚至为地方之事，百姓均无发言或与闻之权。"[②] 这是孙中山首次使用"国民"这一概念。康有为在 1898 年 4 月的《保国会章程》中，大声呼唤要拯救"国地""国权""国民"。后来他多次使用"国民"一词，在《请告天祖誓群臣以变法定国是折》一文中，他写道："皇上受祖宗之托付，为国民所托命，爱宗社土地而保之乎?"[③] 在《请开学校折》中又写到要"鼓荡国民，振厉维新"[④]。此时他提到的"国民"还是"一国之民"的意思。首次给"国民"一词注入现代性意义

① 严复：《原强》，王栻主编《严复集》（第一册），中华书局，1986，第15页。
② 孙中山：《伦敦被难记》，《孙中山全集》（第二卷），人民出版社，2015，第216页。
③ 康有为：《请告天祖誓群臣以变法定国是折》，汤志钧编《康有为政论集》（上册），中华书局，1981，第257页。
④ 康有为：《请开学校折》，汤志钧编《康有为政论集》（上册），中华书局，1981，第305页。

的是梁启超。他在 1899 年对"国民"一词进行了比较完整的阐释："国民者,以国为人民公产之称也。国者积民而成,舍民之外,则无有国。以一国之民,治一国之事,定一国之法,谋一国之利,捍一国之患。其民不可得而侮,其国不可得而亡,是之谓国民。"① 将个体与君主之间的关系替换为个体与国家之间的关系,是对封建王权的解构。梁启超参照"个人"与"群"之间的关系,将"国民"与国家紧密地结合起来,正式阐释了晚清时期"国民"的概念。此时他所说的"民",已经不是与"君主"相对应的"民",而是与民族国家相关联的"民"。晚清时期"国民"思想的广泛提出和传播,是晚清社会多重因素造就的成果。

晚清时期新型"国民"的产生,首先与晚清社会具备了许多接受西方先进思想的知识分子精英有关。1866 年 2 月,恭亲王奕䜣向朝廷提出公费派遣学生出国留学的倡议："查自各国换约以来,洋人往来中国,于各省一切情形,日臻熟悉。而外国情形,中国未能周知,于办理交涉事件,终虞隔膜。臣等久拟奏请派员前往各国,探其利弊,以期稍识端倪,藉资筹计。惟思由中国特派使臣前赴各国,诸费周章,而礼节一层,尤难置议,是以迟迟未敢渎请。兹因总税务司赫德来臣衙,谈及伊现欲乞假回国,如由臣衙门派同文馆学生一二名,随伊前往英国,一览该国风土人情,似亦甚便等语……亦可增广见闻,有俾学业。"② 这次的出访历时约十个月,先后游历了欧洲多个国家,是晚清官方组织游学考察、学习西方现代文明的首个活动。同时,为了便于外出留学,清政府鼓励幼童出国接触洋文,掌握外国语言交流能力,还设立了多所专门教习洋文的学堂。一批又一批青年学生远赴英国、法国、比利时等欧洲各国,其中包括后来主张"物竞天择,适者生

---

① 梁启超:《论近世国民竞争之大势及中国前途》,《梁启超全集》(第一册),北京出版社,1999,第 309 页。

② 奕䜣等:《奏请派斌椿等随赫德出国往泰西游历折》,陈学恂、田正平主编《中国近代教育史资料汇编:留学教育》,上海教育出版社,2007,第 5 页。

存"、重视培养国民素质的严复，著有《马氏文通》的马建忠，译介法国文学的陈季同等先进的晚清知识分子。留洋学子积极地译介西方的民主思想、科学技术、文学理论，使得现代思想在晚清社会逐渐传播开来。西方国家重视科学技术，主张自由、平等、法治的理念，提倡理性、启蒙，使中国知识分子大开眼界。留学的经历给他们提供了相对自由宽松的精神空间，他们在西方世界里感受到进步的文明带来的冲击，同时又对本国闭关锁国的落后现状感到十分苦闷。精神上的矛盾为早期接触西方启蒙思想的晚清知识分子种下了新秩序的种子。他们带着忧患意识与启蒙责任成立了各种文学组织、革命团体，这些组织和团体随后成为推动晚清社会现代化进程的重要组成部分，推动了中国晚清的改良革新运动。

晚清时期开始逐渐形成的近代国家观念，是晚清民众由"臣民"向"国民"转化的基础。与西方国家在战场上的交锋以及通过派遣留学生出国等文化上的交流，使中国人民开阔了眼界，"华夏中心主义"观念开始瓦解。在西方列强用坚船利炮打开了古老的"天朝上国"的大门之后，晚清知识分子进行了一系列的爱国救亡举动，在思想界文化界，林则徐组织翻译了《四洲志》，魏源创作了《海国图志》，徐继畲写作了《瀛环志略》，等等。随着这些著作在晚清社会的流行和中西方交流的增多，越来越多的晚清百姓开始意识到"天下"远远要比自己以往认知的广阔得多，中国不是世界的中心，只是众多国家中的一个。随着视野的扩大，"华夷之辨"逐渐淡化，许多前往西方国家游学的知识分子，如张德彝、郭嵩焘、黄遵宪、薛福成等人，亲眼看到了当时西方国家社会制度的优越，回国之后将这些观念传达给了晚清政府和民众，强化了近代国家观念在晚清社会的发展。甲午海战惨败后，中国人从割地赔款的屈辱中彻底醒悟，中国在技术、制度乃至道德观念上都远远落后于西方国家，空谈"齐家治国平天下"是无用的，最重要的是要救亡图存，改变落后挨打的局面。近代国家观念逐步确立起来，"朝廷"和"国家"在许多有识之士心中形成了两个不同的概念，"民"与"国"的关系更加紧密。近代国家意识开始形成，从而为"国民"地位的最终确立提供了基础。

伴随着近代国家观念的形成，晚清时期人们渐渐产生了国家主权意识，由"臣民"转变为"国民"的过程中，晚清民众的个人主体性也在不断增强。主权是国家的象征和标志，然而"天下中心说"和家国一体的封建专制制度使中国并未产生类似西方的国家主权观念。自鸦片战争之后国门洞开，一些与西方有交流的知识分子，如王韬、黄遵宪、曾纪泽等人，开始有了较为明确的主权意识。不过此时这种国家主权观念仅限于极少数与外国人有接触的官员和知识分子之中，广大民众仍然对国家主权缺乏清楚的认识。人们对于割地、赔款等丧权辱国的条约愤愤不平，却并没有从国家主权的角度来看问题。1895 年5 月，康有为集结一千多名应试举人"公车上书"，请求光绪帝进行维新变法运动。1898 年 4 月，维新派的"保国会"成立，确立以"保国、保种、保教"为宗旨，保国会的组织章程中明确提出了"国权"观念，表明维新派知识分子已经有了国家领土主权不可侵犯的近代国家观。关于国家主权，晚清知识分子认为，主权是一个国家的标志，"主权者，表国家最完全之国之性质也"[1]。他们意识到朝廷、清政府不等于国家。当时一些有识之士已经认识到了清廷的不可靠性，呼吁国民不要将国家事务全部交由朝廷和官吏："各个人悉放弃其责任，置国家之事于不问，若是乎，一国之大而任其事者乃只少数之官吏，而此外遂如无人，夫安得而不衰弱也。"[2] 朝代的更替、政府的兴衰都不能称为亡国，只有丧失了主权，才叫亡国。梁启超 1902 年所作的《论国家思想》则非常完整地阐释了国家、朝廷、主权、国民的关系。

---

① 芙峰：《叙德、俄、英、法条约所载"高权"及"管辖权"之评论因及"舟山条约"之感慨》，《浙江潮》（东京）1903 年第 2 期。
② 墨之魂：《地方自治之精神》，《云南》1906 年第 1 期。

他提出国民必须具备相应的国家思想，譬如：国民是国家的一分子，为了保全自己的利益，人人都要把国家的事当作自己的事来看待；朝廷不等于国家，忠于国家但不一定意味着就要忠君；世界各国并立，在世界中，国家是基本的竞争单位。梁启超呼吁当时的民众要具有国民意识：个人与国家是紧密联系在一起的，个人的一言一行都要维护国家的主权和利益。国家主权观念的确立，使"天朝上国"失去了往昔的魅力，由"臣民"向"国民"的转变，也使人民的地位得到了提升。人民不再依附于朝廷，而是归依于国家，国民的主体意识也由此萌发。

　　晚清时期权利和义务观念的产生也促进了由"臣民"向"国民"的进步，权利观念催生出了国民的主体意识。中日甲午战争以前，晚清有识之士们只是泛泛地谈论民权。甲午战争之后，以"国民"为载体，抽象的民权渐渐发展为具体的自由平等的权利观念。康有为的《大同书》、梁启超的《新民说》、邹容的《革命军》都或多或少地提到了国民应有的各种权利，而这其中最具代表性的，当属陈天华于1905年撰写的《国民必读——奉劝一般国民要争权利义务》一文。如果说，梁启超等人对权利思想的阐述主要还是针对少数精英知识分子而言，那么陈天华则视最广大的下层民众为启蒙对象。陈天华的《国民必读》对国民享有的权利和应尽的义务阐述得十分具体，是中国最早最全面的国民权利与义务启蒙的大众读本。该文阐述了政治参与权、外交参与权、地方自治权、生命与财产安全权、言论自由权等多项国民权利，用简单易懂的方式向广大普通民众宣讲应有的基本国民权利，号召大家一起为实现自身权利而主动奋斗。陈天华对权力观念的阐述，对于长期生活在专制政体下，只知被压迫而不知权利为何物的晚清民众而言，无疑是非常新颖的。在晚清复杂的社会文化等各项因素的影响下，人们逐渐接受并形成了权利观念，进而开始争取自身的合法权利，譬如对个人爱情、婚姻的自主追求。国民权利观念的提出和推广，在晚清中国人心中撒下了种子，这颗种子逐渐发芽成长，继而慢慢形成了晚清"新人"的主体性意识。

"国民"，是具有现代观念的"个人"处于"群"这一概念之中而生成的话语。在晚清的文学思想或政治叙事中，"新人"形象一方面具有前所未有的自觉性的个人或是个体意识；另一方面，这种个人或个体意识又往往被来自群体社会的非个人因素所遮蔽，且以一种带有群体化特征和色彩的"国民"观念来进行曲折的表达。所以当西方"个人"观念进入中国之初，就受到了强大的传统文化和晚清政治环境的规约，发展成以塑造具有主体意识的"国民"为具体目标的政治理想。因此，在"改良群治"和塑造"国民"的时代诉求下，晚清小说中的"个人"、"群"和"国民"等概念被赋予了非常重要的地位和价值。晚清启蒙思想家的政治参与意识日渐增强，他们革新政治，进行思想启蒙，倡导新小说的创作。在晚清小说家看来，小说应该成为现代社会的治"群"工具。人们可以用小说来启迪民智，塑造具有主体意识的理想国民，进而实现民族独立国家富强。由封建国家卑躬屈膝的"臣民"到改良革新运动中的"国民"，随着社会身份和民族性格的转变，知识分子将对民族国家的想象投射到小说之中，晚清小说中随之产生了具有个人主体意识的"新人"形象。

综观晚清的"国民"内涵，爱国主义、民权思想、自由平等观念等都体现出了晚清国民性的进步，也促进了国民主体性的诞生。由"臣民"到"国民"，体现了晚清时期的民众们开始重新审视自己在国家中的身份和角色，相对于"奴隶"，"国民"是对生命本真的重新发现，是对个体价值的初步确认。由"国民"引出的"权利""自由""独立"等价值观念也在晚清社会中广泛传播，一种崭新的价值观念逐渐冲破封建传统的束缚，向广大民众渗透。晚清"国民"主动追求个人自由和各项权利，这种个人主体意识的萌发，经过资产阶级革命的洗礼，发展至五四阶段，已经演化为自觉的公民意识。

五四新人摆脱"群"的桎梏，追求"健全的个人主义"，在社会上造成广泛的影响，五四时期因而成为一个个人解放的时代。五四知识分子以西方个人主义价值观为基础，重构本民族的思想道德文化，反映到文学中，便造就了五四文学"新人"与传统文化彻底决裂，追求个人解放的激进姿态。例如沅君的小说《慈母》中的主人公，就非常直白地宣称自己是"为了两性的爱，忘记了母女的爱的放荡青年"。"我"为了反对家里包办婚姻，离家求学在北京整整六年，没有回家。"我"就是要宣告自己是一个独立的个人，具有追求个人自由、反对封建包办婚姻、脱离家庭的勇气，非常鲜明地体现了五四小说中的"新人"们追求个人解放的独立姿态。再比如鲁迅的《伤逝》中的女主人公子君，豪迈地宣言"我是我自己的，他们谁也没有干涉我的权利"。这是鲁迅笔下激进、热烈的自由女性主动选择自己人生道路的宣言。子君清醒地认识到"我"是一个独立的"个人"，具有追求个人幸福的权利，因而勇敢地冲出封建家庭，是五四时期的"娜拉"形象中最具代表性的人物。在晚清小说中萌发了个人观念和主体意识的"新人"形象的基础上，五四文学中的"新人"形象确立了更加健全的个人观念，也具备更为激进的主体思想。由此可见，晚清小说中那些主动承担救亡图存的家国重任，追求个性解放、婚恋自主的"新人"们，对五四新文学的发生和发展，具有十分重要的启蒙和促进作用。

第二节　"国民"的自觉
——对民族国家的历史担当

自鸦片战争开始，中国遭受了"三千年未有之大变局"，民族生存危机和文化信仰危机日益严重。甲午中日战争的惨败，使晚清社会各阶层民众都从"天朝上国"的迷梦中惊醒,对民族国家前途命运的担忧与思考不再只存在于上层社会以及知识分子精英中,晚清社会各个阶层的人们都开始关注国家主权问题,"国家兴亡,匹夫有责"的观念开始深入人心。庚子事变后,民族主义思想传播更广,普通民众中亦出现了许多爱国救亡的仁人志士。面对国势衰微、生灵涂炭的社会现状,晚清时期上自知识分子精英,下至普通百姓,萌发了主体意识的"国民"纷纷走上了自主救国的道路。知识精英从大处着眼,改良国家的政治制度,发展新式教育,传播现代启蒙思想,希望能够实现民族振兴、国富民安。普通国民亦在个人主体性的驱动下,为挽救民族危亡、救国救民奉献着个体的一己之力。晚清许多小说中都书写了社会各阶层人士自主地救亡图存的义举,突出展现了晚清小说"新人"形象的主体性。

一 注重启蒙改良的知识精英

启蒙,无疑是中国由传统走向现代的过程中最重要的议题之一。对于"启蒙"这个主题来说,知识精英自然是其中的主角。晚清时期新型"国民"的产生,便与晚清社会具备了许多接受西方先进思想的知识分子精英有关。随着西方国家科学技术和自由、平等、法治等理念传入中国,一直浸润在传统文化中的中国知识分子眼界大开,一大批具有主体意识的新型知识分子逐渐产生。晚清知识精英开始积极地译介西方的民主思想、科学技术、文学理论,使得现代思想和启蒙精神在晚清社会逐渐弥漫开来。从某种角度来说,随着对西方国家了解的逐步深化,中西方思想文化有了融合与交锋的过程,造成了晚清知识分子在西方资本主义文明中自我肯定与否定的双重情绪。他们带着忧患意识与启蒙责任成立了各种文学组织,提倡新式教育,培育理想国民,成为推动晚清社会现代化进程的重要组成部分。

晚清知识精英作为社会上层人士,更易接触到西方社会现代文明的方方面面，对比本国落后的现状，更加深感改革和启蒙的必要性。
作为由"臣民"向"国民"转变的先驱者，知识分子是最先产生近代
国家观念和自由平等权利意识的群体，这是他们进行启蒙改良活动、
拯救国家危亡的思想基础。先进的知识分子积极地向晚清民众介绍外
国的思想文化，传播西方现代启蒙思想。他们通过翻译西方理论书籍、
引进现代科学技术、兴办新式教育等各种手段，向广大民众介绍西方
的政治经济制度、平等自由观念、婚姻自主等思想，充分发挥出作为
知识精英的主体性作用。比如陈天华在《狮子吼》中写道："后民权
村有几个名人，游历英、法、德、美各国回来，细考立国的根源，饱
观文明的制度，晓得一味野蛮排外，也是不行。必先把人家的长处学
到手，等到事事够与人平等，才能与人争强比弱。"① 小说中写到几位
接受精英教育的"新人"。如在美国接受了现代启蒙思想教育的孙念
祖，在德国学习先进现代科技与文明的孙肖祖，他们学成回国后，以
开通民智为己任，都为本国的发展做出巨大贡献。又如《未来教育
史》中，写到青年知识分子黄率夫和朋友萍生，看到中国教育思想界
的混乱，意识到教育对一个国家和民族的重要性，决定一起开办一个
"大大的中国教育会"，希望通过发展新式教育，起到救国救民的作
用。萍生要求整顿当前教育界的落后面貌："现在要整顿教育，第一
件是改良教师，现在虽说开学堂，但以我看来，至少十年以内教育的
大权一半还在这些塾师手里，总得叫他们革新面目，这才与学校相辅
而行，中国的教育（始能）焕然改观了。"② 在他们的努力下，中国学
界在教育目标、教育方法和教材改编等各个方面都有了明显的变化，
继而培养出一批优秀的具有进步思想和现代观念的新国民，为民族振
兴贡献了巨大的力量。

---

① 陈天华：《狮子吼》，章培恒主编《中国近代小说大系：仇史·狮子吼·如此京华》，百
花洲文艺出版社，1991，第58页。
② 杨世骥：《文苑谈往》，中华书局，1945，第114页。

发表于 1905 年的《学究新谈》，也塑造了几位知识界的精英人物，他们倡导新式教育，主张培育进步的"国民"，发展能与西方列强抗衡的力量。譬如提倡新学的沈子圣，曾经在中西学堂读书十年，其后又在美国留学五年，是一个既接受了中国传统文化教育，又深受西方现代思想影响的知识精英。回国后他担任强华学堂的"西文总教习"，提出发展新式教育，"总之不过三件名目：一叫体育，一叫德育，一叫智育。那体育是强硬儿童身体的；德育是诱导儿童道德根性的；智育是开通他智慧的"①。对如何培养新型的国民具有清晰的认识。"凡文明国之所以立，莫急于养人才"，在沈子圣的影响下，他的夫人对实施新型教育，以求强国保种亦有自己的一番见解："教育的责分，人人应当尽的。只要有一种本事，都可以教得人。譬如表兄会写字，我不会写字，表兄就教我写字，我到后来也会写字了，表兄不就是我的写字先生么？表兄虽是我的写字先生，却不懂得算学，我就教表兄算学，表兄到后来也会做算学了，我不就是表兄的算学先生么？这样，大家传授起来，人人能写字，懂得算学，还有别的学问也象这般传开去。我们中国尽是有本事能竞存的人，还会弱到哪里去呢？"②这段话表现了晚清知识分子对发展新式教育充满了期望和热情，希望以此锻造出理想的国民，实现强国保种的救国大业。小说还刻画了另一进步"新人"形象鲁子输，他积极投身教育事业，竭力宣传"教育救国"的思想。鲁子输认为："开几个小学堂，造就些子弟出来，留下我们黄种根苗，不叫他尽做外人的奴隶，倒是件绝大公德。倘然我国撑持不起时，这班后生，果真做得国民，也自能转弱为强的。"③ 作

---

① 周钧韬、欧阳健、萧相恺主编《中国通俗小说鉴赏辞典》，南京大学出版社，1993，第 1129 页。

② 周钧韬、欧阳健、萧相恺主编《中国通俗小说鉴赏辞典》，南京大学出版社，1993，第 1132 页。

③ 周钧韬、欧阳健、萧相恺主编《中国通俗小说鉴赏辞典》，南京大学出版社，1993，第 1130 页。

品通过塑造以教育来救国的几位知识精英形象，表现了晚清知识分子依托自身思想、格局上的进步性，引入西学、普及教育、启蒙民智，发挥出强烈的个人主体作用。

《学界镜》中也塑造了一个理想的知识精英人物方真，表现晚清知识分子在广泛地"开启民智"，向社会中下层民众普及教育的过程中发挥的重要作用。方真可谓是晚清知识精英形象中完美的人物。他姓方名真，字完民。由他的名字可见，作者是将其作为理想的"完人"来塑造的。方真天资聪颖，从小接受了良好的教育，沉稳踏实，尊重传统道德；后来，他前往日本留学，接受了西方现代教育和自由平等的观念，拥有丰富的见识。在日本学习期间，方真悉心研究启蒙思想和各国政治制度，思考本国独立富强的发展道路："以调查其国家社会一切之现状，并力考其所以隆盛致强之原因。"① 他认为，国家综合实力的提升主要依靠新型教育的发展，只有从思想上提升国民素质，民族的未来才有希望。于是，他将满腔的热情都投注在教育事业上，翻译了许多关于西方现代思想的书籍，宣传个人独立的民主思想。他说："我的宗旨，办学堂，要先就各种学堂的性质上注意。譬如蒙小学堂，则先去其遗传的劣根性，养成其种种道德心。军事学堂，则振其尚武的精神，而发其爱国心。工商各学堂，则导其合群的思想，而动以竞争心。而又教授合法，课程完全，加以形式整齐，规则缜密，何愁这学堂不办得精神完满？"② 他认为，社会上绝大部分没有机会进入学堂学习的中下层人民才是发展新式教育最困难的地方，"但愿他们都能有点道德，可以称得上有国民的资格，这才算得教育普及，这就是我的目的"。方真学成归来后，应安徽教育总会的邀请，决心回乡兴办教育，"开启民智"，培育新型国民，促进国家发展。方真大力推广和普及新式教育，希望每个中国人都能成为理想的新型"国民"。

① 赓曳：《学界镜》，《月月小说》1908 年第 21 期。
② 赓曳：《学界镜》，《月月小说》1908 年第 23 期。

作为一名知识分子,方真秉持平等博爱的教育理念,倡导新学,是当时人们心目中的"完人"形象。方真注重向社会中下层民众推广和普及新思想新观念,他广泛地培育"新民"的救国理想和他卓越的实践能力,无不体现出他作为新兴知识精英的主体精神和理想"国民"的别样风采。

晚清时期,在西方列强先进的政治、军事、经济、文化多方面的冲击之下,首先激发起了知识精英阶层强烈的民族国家意识。无论是严复的"鼓民力""开民智""新民德",还是梁启超希望培养的理想"新民",都在积极倡导民族国家建构中发挥了"启蒙"的重要作用。然而,当时的晚清社会,"四万万人中,其能识字者,殆不满五千万人也。此五千万人中,其能通文意、阅书报者,殆不满二千万人也。此二千万人中,其能解文法执笔成文者,殆不满五百万人也。此五百万人中,其能读经史,略知中国古今之事故者,殆不满十万人也……以堂堂中国,而民智之程度,乃仅如此,此有心人所以盱盱而长悲也"①。因此,普及教育、启迪民智、培育国民、改良社会的重任便交到了知识分子手中。废科举、兴新学、开民智,晚清知识精英在启蒙与改良的道路上做出了种种实践。晚清小说家则适应国人对知识精英群体的期待与想象,创作出了一大批建设民族国家的新主人翁"新人"形象,他们发展新式教育,传播现代启蒙思想,报效国家,为实现社会改良、民族振兴、国富民安发挥出他们的主体性作用。

二 迈上救国之路的"国民"

晚清"改良群治"和"新民"的政治理想,现代个人观念与"群学"的相互关联,影响规约着新小说的发展方向。在新小说创作中塑造具有爱国救亡理想的"国民",是晚清整个文化语境中的现代性诉

---

① 梁启超:《中国积弱溯源论》,《梁启超全集》(第一册),北京出版社,1999,第416页。

求。晚清知识精英们提倡新学，大力发展新式教育，同时积极地向社会中下层民众普及现代科学、平等、自由的启蒙思想，宣扬救亡图存的道理，使晚清社会中下层群体中也出现了许多具有现代思想的新型"国民"。"国家兴亡，匹夫有责"的国民主体意识深入人心。在晚清一些新小说中，作家以大时代中的"小人物"为描写对象，表现了社会中下层普通"国民"在国家危难时刻发挥出的积极的个人主体性作用。小说《邻女语》以八国联军侵华史实为背景，描写了一位叫金不磨的有志青年，愤慨八国联军侵华的恶劣行径，面对国破家亡、民不聊生的惨状，他毅然变卖家产北上京都，以求拯救无辜百姓、报效国家的故事。在《邻女语》的描写中，主人公金不磨生性善良，从小便有挽大厦于将倾、救黎民于水火的宏图大志。当听说八国联军攻占了北京城、慈禧与光绪西逃时，他就想到北方的中国必将生灵涂炭，北方的黎民百姓将生活在水深火热之中。于是，他决定变卖家产以资百姓，北上救国。在北上途中，金不磨目睹了战争年代混乱的晚清社会样态，大小官员只顾平日里作威作福欺压百姓，而当帝国主义进入中国鱼肉百姓时，却只顾携妻儿老小和万贯家财逃跑。他途经山东的时候，"惟见土阶茅茨，尘沙横飞，赤地如烧，饥民菜色，从无一耕获之乡。老少男女，相率跪于道旁，一见着南来过客，即相与伸手乞食……不磨看了，不胜大拗"[①]；经过德州路上遇到暴雪，"只见雪中有倒卧的死尸，似是南方人的模样，自顶至踵，赤条条一丝不挂……接二连三，目中所见，不知凡几……细向店家问过原由，始知为难民同伴护冷，死者之衣即为生者剥去……不觉凄动于怀，泫然下泪"[②]。金不磨"泫然下泪"的举动，呈现出这一人物的悲悯情怀和民族情感。他对苦难人民的同情，对国家兴亡的强烈责任感，对中华民族的历史使命感，都充分展现了一个普通的社会中下层民众难得的家国情怀和救亡图存

---

① 忧患余生：《邻女语》，《绣像小说》第 13 期。
② 忧患余生：《邻女语》，《绣像小说》第 13 期。

的主体精神。此外，金不磨对反映社会下层贫苦百姓意愿的义和团的同情，在当时的小说中也是非常少见的。当金不磨在东光县目睹了梅统领将义和团将士残酷杀害之后，"暗想道：这场惨杀，虽则皆由乱民自取，然而终是这班顽固大臣酿的奇劫，不是这班愚民平白构造的……也是平时相逼而成，积成这么一派怨毒"①。金不磨对于义和团的成因看得十分准确，具有自己的思考，这种见解在晚清社会是很难得的。金不磨遭遇种种艰难险阻，但是，无论是冰雪阻碍还是敌国强兵，都没有磨灭他坚定不移的北上救国之心。因此，金不磨可以称得上是一个在国难面前英勇不屈的爱国志士。他作为一个平民百姓，却能秉承"天下兴亡，匹夫有责"的信念，对天下苍生心怀悲悯，对民族国家富有自觉的责任感与使命感。由此可见，金不磨是晚清社会中下层民众中，自觉萌发了主体意识的"新人"形象。

刘鹗的《老残游记》也塑造了一位处于社会中下层阶级的普通"国民"形象——老残。鲁迅评价《老残游记》时说道："揭发伏藏，显其弊恶，而于时政，严加纠弹，或更扩充，并及风俗。"② 刘鹗在《自叙》中谈自己创作《老残游记》的目的时这样说道："吾人生今之时，有身世之感情，有家国之感情，有社会之感情，有种教之感情。其感情愈深者，其哭泣愈痛：此鸿都百炼生所以有《老残游记》之作也。"③《老残游记》以游记形式叙述了主人公老残在中国各地游历时的见闻和思考，并以此抒发作者对国家现状和民族命运的焦虑与感伤，进而展开了医治国家创伤、面向未来的政治想象。老残是一位出入官场的江湖游医，他一边游历，一边观察品评自己行旅途中的所见所闻，感知民间疾苦。小说描写了这位摇串铃的江湖医生两个月的短暂旅行经历，内容非常丰富。它的意义不仅仅在"讽刺"和"谴责"——鞭

---

① 忧患余生：《邻女语》，《绣像小说》第 13 期。
② 鲁迅：《中国小说史略》，上海古籍出版社，1998，第 205 页。
③ 刘鹗：《老残游记》，齐鲁书社，1981，第 2 页。

笞了社会丑恶现象，而且在试图寻找挽救民族危亡的解决办法，包含了更深层次的对民族国家前途命运的历史主体意识。小说采用象征的创作手法，将老残短暂的游历过程隐喻为他医治国家痼疾的历程。刘鹗用笔下老残这一人物，充当自己的代言人：作为江湖郎中的老残，不是在医治现实社会中的病人，而是在医治满身创伤的国家。正是通过这样的叙事角度，刘鹗能够更加从容地对老残的见闻进行真切的描写，通过对腐朽吏治的批判和他行旅途中所经历的一系列事件，展示出晚清"新人"的主体性。

老残的现代主体意识的萌发，首先起于他的民族意识的觉醒和独立思考的能力。在小说第一回中，老残在望远镜中看到一艘又大又破的船从长山岛驶来，船越来越近，老残发现船身有二十三四丈那么长，舵楼上坐着船长，舵楼下有四个舵手专管转舵。全船六帆八桅，其中有六扇旧帆。船身虽大，但却破旧不堪，破损之处满船皆是。由于船体破败不堪，海上风狂浪涌，船上的人们饱受摧残，熙熙攘攘的男女老少在船上历经风浪的侵袭，饥寒交迫，全船呈现出一幅凋敝不堪的景象。在老残眼中，这样一艘满载客货却危机四伏、飘摇不定的破船，就如同当时的中国，在经历了西方帝国主义的侵略后破败不堪，亟须进行修补。见到这种情形，老残同行的一位朋友提议"将那几个驾驶的人打死，换上几个"，认为这样就能挽救船上所有人的性命。老残则认为，船上的人平日里过惯了太平日子，走惯了风平浪静的海面，驾驶巨船也能够操纵自如。但是，如今遇到狂风巨浪，所有船员都变得慌慌张张、手忙脚乱。他们没有配备指南针来指引方向，平时天朗气清的时候可以轻松通过日月星辰的位置来判断方位，但是现在云雾密布，船员们失去了方位参考，一时间完全迷失了方向。所以，就会前进得很迷茫。这就好像当时风雨飘摇的中国，在列强的不断侵略和打压下，又缺乏强有力的领导，因此不知道国家的前途命运该往何处去。因此当遭受西方国家先进的物质文明和科技文化不断地冲击时，整个国家毫无招架之力。与那些长期遭受压迫奴役而失去民族救亡意识的国民相比，老残显然更加清晰和敏锐地剖析了整个晚清局势的症结所在。他认为统治者过惯了太平顺遂的生活，缺乏必要的危机意识，国家衰败落后、内忧外患的境况归根结底在于清政府的腐败无能。老残的民族觉醒意识和他对国家现状问题的独立思考能力，体现了他作为一个普通"国民"，主体意识的初步萌芽。

与其他愚昧无知的落后民众相比，老残还具备了初步的现代科学精神。小说第三回中，老残在济南的趵突泉、金线泉、黑虎泉三处景点游览，在观赏金线泉时的举动，体现出他作为新型"国民"对现代科学的主动探索。小说中写道，由于金线泉的泉水只有游丝一样的一根线在水面上游动，所以老残在刚开始观赏时并没有看到泉水，心存疑惑，便向身边的士子请教。在听完士子的解答之后，老残便弯腰侧头仔细地去观察泉水，这下才看到了传说中的金线，紧接着老残对金线的形成过程进行了研究。这样一个探索的过程，展现了老残对新鲜事物的好奇，对新知识的渴望与追求，不仅在中国古代文人学子中十分难得，在当时的社会背景下也是很罕见的。在整个小说中，有关老残求知态度和科研精神的情节还有很多，譬如老残由太谷灯的发明制造，想到专利问题："可惜出在中国，若是出在欧美各国，这第一个造灯的人，各报上定要替他扬名，国家就要给他专利的凭据了。无奈中国无此条例，所以叫这太谷第一个造灯的人，同那寿州第一个造斗的人，虽能使器物利用，名满天下，而自己的声名埋没。虽说择术不正，可知时会使然。"① 老残的思想可谓相当超前。第十九回描写老残破解毒药案的章节中，老残为了弄清楚毒药的真实来源，大胆求教天主教堂的神父。这些细节都可以充分说明老残对西学抱着强烈的好奇心与通融的心态。他开阔的思维，自觉的现代科学精神，比他的同代

---

① 刘鹗：《老残游记》，齐鲁书社，1981，第152页。

人要进步一大步，具有明显的主体色彩。

老残的主体性还表现在他已产生了个人权利观念。小说第四回至第六回，叙述了老残品评玉贤治人的情节。老残在他人的议论中知道了玉贤的所作所为，知道了这个所谓的清官其实是一个为了升迁和权力伤天害理的恶人。虽然玉贤想在人们面前塑造出自己清正廉洁、吏治有序的形象，但是，由于抓不到真正的盗贼，就使用奸计将无辜百姓抹黑成盗贼，使平民百姓蒙受冤屈致死。听到这些事情的老残，看到寒冬里乌鸦麻雀的抖擞，便想起了老百姓的痛苦："这些鸟雀虽然冻饿，却没有人放枪伤害他，又没有什么网罗来捉他，不过暂时饥寒，撑到明年开春，便快活不尽了。若象这曹州府的百姓呢，近几年的年岁，也就很不好。又有这们一个酷虐的父母官，动不动就捉了去当强盗待，用站笼站杀，吓得连一句话也说不出来，于饥寒之外，又多一层惧怕，岂不比这鸟雀还要苦吗？"[1] 认为老百姓没有言论自由，连鸟雀都不如，体现出较为先进的现代个人权利观念。老残之所以为属于个人基本权利的言论自由痛鸣不平，不仅仅是出于为老百姓鸣不平，而是因为已经具备了个人主体观念，初步产生了现代权利意识，故而有了更深层次的解放"个人"的理想。

当然，老残这一普通"国民"主体性的发挥，主要体现在他强烈的忧患意识和民本思想上，老残对民生疾苦和国家前途都有着非常自觉的历史使命感。如小说第十二回中，老残看到美丽的雪夜景色，心里却忍不住想到"现在国家正当多事之秋，那王公大臣只是恐怕耽处分，多一事不如少一事，弄的百事俱废，将来又是怎样个了局？国是如此，丈夫何以家为！"[2] 对民族国家的命运充满忧虑。他不仅仅同情关心普通百姓，而且肯为贫苦百姓做实事，想人民所想，急人民所急，具有鲜明的民本思想。在民族危机和封建统治的双重压迫下，腐败无能的清政府一方面不思进取，御敌无方，另一方面欺压百姓，对百姓

---

① 刘鹗：《老残游记》，齐鲁书社，1981，第70~71页。
② 刘鹗：《老残游记》，齐鲁书社，1981，第149页。

的反抗进行残酷的镇压。老残讥讽酷吏，实则是关心国家的前途命运和百姓的冷暖疾苦，这是老残作为晚清一名普通国民的民主意识和责任意识。正是由于这份责任感，老残先后两次上书庄宫保。一次是对玉贤的所作所为进行揭发，试图解救曹州老百姓；另一次是为魏家父女进行辩白，揭发刚弼的专横，洗白冤情。"那知刚才题壁，在砚台上的墨早已冻成坚冰了，于是呵一点写一点……砚台上呵开来，笔又冻了，笔呵开来，砚台上又冻了，呵一回，不过写四五个字。"[1] "墨盒子已冻得象块石头，笔也冻得象个枣核子，半笔也写不下去……老残将笔拿在手里，向着火盆一头烘，一头想……写两行，烘一烘。"[2]老残就是在这样严寒的冬日写下了两封信。为了能够顺利救下魏家父女，老残直接与刚弼对簿公堂："我且问你：一个垂死的老翁，一个深闺的女子，案情我却不管，你上他这手铐脚镣是什么意思？难道怕他越狱走了吗？这是制强盗的刑具，你就随便施于良民，天理何在？良心安在？"当老残知道自己的一封信拯救了魏家父女两人后，感到十分欣慰，心里想到："前日闻得玉贤种种酷虐，无法可施；今日又亲目见了一个酷吏，却被一封书便救活了两条性命，比吃了人参果心里还快活！"[3]老残作为晚清普通国民中的一员，一个"新人"的代表，以救国救民为己任，用实际行动挑战酷吏统治和封建霸权，并获得了一定的成功。可见"新人"的主体性在晚清社会发挥出巨大的效力。

老残不仅具有现代科学意识和个人权利观念，更有作为一个普通国民的社会责任感，他关注国家的前途命运和百姓的生死存亡，这种家国情怀在晚清社会具有深刻的文化意义。如老残一样具有主体精神的普通"国民"，以实际行动救黎民于水火，扶大厦于将倾，他对百姓的怜悯和对国家命运的关切，他的爱国主义、民权思想、自由平等

---

① 刘鹗：《老残游记》，齐鲁书社，1981，第71页。
② 刘鹗：《老残游记》，齐鲁书社，1981，第199页。
③ 刘鹗：《老残游记》，齐鲁书社，1981，第206页。

的观念，等等，都体现出了晚清"新人"主体性的进步。由"臣民"到"国民"，我们看到了生命个体的发现，看到了对个体价值的初步确认。由"国民"引出的"科学""权利""自由""独立""责任"的价值观念，是老残这一"新人"形象最重要的价值所在。

无论是知识精英的启蒙改良，还是普通国民的救亡之路，"改良群治"和培育"新民"的主张始终贯穿在晚清新小说的创作历程之中，为挽救民族危亡的政治理想而服务。在晚清小说中，对民族国家前途命运的思考不再只存在于上层社会以及知识精英群体中，晚清社会由上至下都密切关注着国家主权问题，关心着民族国家的生死存亡。萌发了主体意识的"国民"们纷纷走上自主救国的道路，用自己的方式为强国保种贡献一分力量。晚清小说中具有现代主体意识的"新人"，发展至五四文学、左翼文学，其人物形象的主体性也有了很大的发展。如巴金的《家》中的高觉慧，老舍《四世同堂》中的祁瑞全等人物，皆对晚清小说中具有救国主体意识的"新人"形象有了更深层次的延伸与发展。

第三节　"个人"的自觉
——对爱情婚姻的自主追求

小说与政治紧密联系，是晚清新小说一个非常突出的特征。但晚清新小说的"现代性"，却不能就此被狭隘地划入政论思想的范畴之中。虽然大部分的晚清小说主题都重在"改良群治"和"新民"，但是，依然有部分作品从政治叙事跨越到了世俗表达之中。晚清小说的"现代性"，主要体现为小说塑造的人物形象对现代文明的追慕与想象，这其中就包括了对个人情爱和婚恋自由的向往与追求。作为一个时代的文学的共同兴趣与价值指向，晚清小说中书写的主人公内心情感的觉醒，主动追求婚姻自主的现代意识，使得晚清新小说在主流的政论叙事之外,具有了全新的位置。晚清小说不仅启迪民智,宣扬现代进步思想,充当文人志士救国救民的喉舌,而且对社会风气的开化、婚恋自由观念的推广都有显著的影响。晚清小说中塑造的这些具有主体性的"新人"形象,也为当时处于传统与现代交叉地带的人们提供了前进的方向。反映在主动追求个人情感自由这方面,则是晚清小说中出现了一批对个人爱情、婚姻有了懵懂感悟,继而主动追求情爱自主的"新人"形象。

一 懵懂的情爱觉醒

随着西方现代"个人"观念的引入,晚清社会兴起了人性解放思潮。"个人"意识逐渐觉醒,一些青年男女抗拒"父母之命,媒妁之言"的传统婚姻,开始向往独立自主的现代爱情。在当时提倡妇女解放、男女平等、婚姻自由的社会语境下,青年男女追求情爱自由,其实也是在追求自身的个性解放,体现出强烈的"新人"主体意识。但是面对封建传统礼教的约束,他们在真正面对爱情的时候往往又显得犹豫不决。因此,在晚清数量繁多的写情小说中,书写"苦情"的作品不在少数。这些小说中塑造的人物往往能够清楚地感知到自己内心的情感指向,也为自己的感情发展做了一定程度的努力,但由于主体意识发展得还不够充分,故而只停留在懵懂的个人主体性的觉醒层面,也就导致了"苦情""苦恋"的结果。本节以《断鸿零雁记》中的主人公三郎和《玉梨魂》中的何梦霞、白梨影为例,分析晚清写情小说中的"新人"形象,及其主体意识在个人情爱追求方面的具体表现。

《断鸿零雁记》作为苏曼殊最负盛名的浪漫主义小说,开创了中国晚清浪漫主义小说的先河。作为辛亥革命爆发前夕所创作的文学作品,它诞生于一个时代巨变的社会转型时期,作品中已经显露出了极具现代色彩的启蒙理念,与后期五四启蒙思想具有共通之处。小说发表后,在社会上引起了很大的反响,对后来的五四浪漫主义文学创作具有深刻的影响。苏曼殊是晚清时期颇具个性的文学精英，他亦僧亦俗，性格直爽又浪漫洒脱。郁达夫在《杂评曼殊的作品》一文中就评价他："他的浪漫气质，由这一种浪漫气质而来的行动风度，比他的一切都要好。"因此，人们在欣赏他的文学作品时往往能感受到他的人生经历，品味其温婉浪漫的情怀。《断鸿零雁记》作为一部自叙体的小说，细致地记录了晚清时期的"新人"个人主体意识逐渐觉醒的过程。小说的主人公三郎是一个热情又孤独、叛逆又优柔寡断的青年男子，在自主追求个人爱情方面，三郎具备了初步觉醒的个人主体意识，但主体性发展不够充分，是在追求个人情感自由道路上尚处于起步阶段的"新人"。三郎的母亲是日本下女，因此他自小在家中饱受欺压。由于父亲去世，家道中落，三郎与雪梅的婚姻也遭到雪梅父亲的强烈反对。三郎重视独立的人格，无法忍受这些来自封建家庭的"污浊"，以出家相对抗，投身佛门。此时的三郎对于个体生命价值的存在有了初步感悟，冲出家门的行为体现了他主体性的觉醒。在行僧途中，三郎偶遇儿时乳母，得知自己尚有生母在世。在雪梅和乳母的帮助下，三郎成功远渡日本寻母，并最终与生母相见。在日本，三郎与姨妈的女儿静子互生爱意，两人的情感也得到了母亲和姨妈的认可。但是三郎碍于自己当时的身份，不能与静子结合，最终还是选择了离开静子回国。三郎回国后才知道雪梅一直对自己念念不忘，痴情等待，最后抑郁而终。三郎十分悲痛，不远千里想要去雪梅的墓前祭奠，但"踏遍北邙三十里，不知何处葬卿卿"。小说在三郎遍寻墓穴而不得的悲惨情景中结束。通读整部小说可以看出，主人公三郎有主动面对个人情感的觉醒意识，却没有勇气突破传统伦理道德的约束。这种不彻底的"个人"主体性，造成了他人生的悲剧。

三郎与静子的爱情是小说的主要部分，小说这样描写他们二人初见时的情景：三郎从高烧昏迷中醒来，发现自己竟躺在一间清幽雅致的闺房之中，房间里"藏书颇富。余检之，均汉土古籍也"，"复有小几，上置雁柱鸣筝，似尚有余音绕诸弦上……瞬息，即见玉人翩若惊鸿，至余前，肃然为礼。而此际玉人密发虚鬟，丰姿愈见娟媚。余不敢回眸正视，唯心绪飘然，如风吹落叶，不知何所止"。① 与静子初见，三郎感觉自己内心的某根弦如同被拨动了一般，爱情在此时萌芽。三郎病愈之后，回忆与静子初见时的情景，竟有种似曾相识的感觉，再加上静子对三郎无微不至的照顾，三郎便不由自主地在心里萌生出对静子的喜爱之情。可以说三郎和静子是真正的一见钟情。三郎虽为佛门弟子，但面对静子的浓烈情意，还是不由自主地萌生了俗世的情欲感受。在三郎的眼里，静子就是理想的完美伴侣，静子学识渊博、"慧骨天生"、"庄艳绝伦"，令三郎心向往之。尤其是她讲述远祖世交、明朝遗臣朱公的典故，虽然独处深闺，却深明大义，有自己的气节，三郎因此忍不住赞叹："兀思余今日始见玉人天真呈露，且殖学滋深，匪但容仪佳也。即监守天阍之乌舍仙子，亦不能逾是人矣!"② 面对这样一位完美女性，三郎总是不由得六神无主，惊慌失措，难以抑制自己内心的情感。而当三郎意识到对静子的爱慕与自己的佛教信仰相冲突时，他无法理智妥善地处理好这二者之间的关系。三郎无法消除自己内心的隐忧，"吾今而后，当以持戒为基础，其庶几乎。余轮转思维，忽觉断惑证真，删除艳思"③，告诫自己要消除对静子的炽热情感。这说明，在追求情爱自由方面，三郎这一人物的个人主体性发展得还不够充分，尚处于萌芽阶段。《断鸿零雁记》通过描写三郎的爱情故事，揭示了在"个人"的成长发展中，虽受到"群"的一定程度的影响，但个人内心情感的觉醒是无法阻挡的。此时的三郎因为无法处理好个人情感与佛教信仰、伦理道德之间的关系，所以内心煎熬痛苦。在他和静子相伴的这段时期，他始终无法解决这项矛盾，最

---

① 苏曼殊：《断鸿零雁记》，《苏曼殊全集》（二），当代中国出版社，2007，第175~176页。
② 苏曼殊：《断鸿零雁记》，《苏曼殊全集》（二），当代中国出版社，2007，第179页。
③ 苏曼殊：《断鸿零雁记》，《苏曼殊全集》（二），当代中国出版社，2007，第193页。

终他拒绝静子，回到国内，凭吊雪梅，却连坟茔也无处寻觅。这个结局，显示了主人公主体性的幻灭与迷茫。三郎没有勇气去突破世俗陈规的约束，在个人情欲与伦理道德的取舍之间苦苦挣扎，在对爱情的主动追求方面，其主体意识的觉醒还不够充分。

《玉梨魂》在书写主人公追求情感自由方面较《断鸿零雁记》更进了一步。徐枕亚的《玉梨魂》亦是一部写哀情的小说，它创作于封建王朝即将覆灭的大变革时期，封建传统的男女婚配观念开始动摇，"父母之命，媒妁之言"不再是人人遵守的婚嫁准则，自由恋爱和婚姻自由的观念在年轻男女心中逐步生根发芽。与中国古典传统小说相比，在晚清小说中，爱情描写开始成为人物展现自己的内心世界，抒发个人情感，表现主体意识觉醒的一种方式。这是这些"新人"形象进步的一面。但由于新时代社会文明的开化程度不够，男女自由恋爱并不能完全付诸实践，青年男女因此十分苦闷。《玉梨魂》主要描写年轻的家庭教师何梦霞和青年寡妇白梨影（梨娘）相恋未果的悲情故事，表现了在追求个人情爱的道路上主体意识的初步觉醒。

人性解放的关键在于突破传统封建社会对个人情欲的约束，敢于正视自己内心的情感。在《玉梨魂》中，27岁便守寡的白梨影与儿子鹏郎相依为命，按照传统封建礼教的要求，她作为寡妇应该遵守妇道，不可再动情。白梨影守寡之后虽然外表清心寡欲，内心其实情愫不断、波澜暗涌，非常向往自由的爱情。小说的第三回描述了白梨影在月夜感时伤怀的场景："残月窥帘，寒风撼壁，碧纱窗上映一亭亭小影，窗内时闻微叹。噫，谁家女郎，深夜不眠而独坐愁苦耶？……但见泪痕湿，不知心恨谁。女郎之心谁知之？女郎之泪亦谁见之耶？"[1] 由此可见，梨娘的内心已萌生了追求自由爱情的想法，是非常渴望情感

---

① 徐枕亚：《玉梨魂》，吴组缃主编《中国近代文学大系（小说集六）》，上海书店出版社，1991，第446页。

慰藉的。后来，梨娘与何梦霞书信往来、暗生情愫，当何梦霞传来给她的求爱信之后，梨娘更是芳心动乱。在明确了自己内心的情感指向之后，梨娘在行动上突破了封建社会女子的行为准则，她偷偷跑进何梦霞的卧室拿走了《石头记影事诗》，在桌上留下了一朵茶蘼花，向何梦霞表达了自己的爱慕之情。随后，何梦霞再次将情书传递给梨娘，梨娘欣喜若狂，内心热烈的情感就如炙热的岩浆即将爆发："梨娘读毕，且惊且喜，情语融心，略含微恼，红潮晕颊，半带娇羞。始则执书而痴想，继则掷书而长叹，终则对书而下泪。九转柔肠，四飞热血，心灰寸寸，死尽复燃，情幕重重，揭开旋障。既而重剔兰镫，独开菱镜，对影而泣……辗转思量，芳心撩乱，至此，乃眉黛销愁，眼波干泪，掩镜而长叹一声，背镫而低头半响，……未几，而微波倏起于心田，惊浪旋翻于脑海，渐渐掀腾颠播，不能自持，恼乱情怀，有更甚于初得书时者。……一吟怨句，百年恨事兜心；再展蛮笺，半纸泪痕透背。旋死旋生，忽收忽放，瞬息之间，变幻万千。"① 或喜或悲，一时无所适从。控制不住内心情感的梨娘再一次偷偷溜进何梦霞的卧室，将自己的照片放在了他的床褥下。梨娘的这一举动在封建社会是极其大胆的，表现出她强烈的追求个人情感自由的主体意识。写情书、送茶蘼、留照片，这是梨娘和何梦霞在面对自身情感觉醒时所做出的最具现代个人主体性特征的行为，显示出了对自己内心情感的正确认识，展现了个体对于自由爱情的追求。较之《断鸿零雁记》中委婉含蓄的三郎，他们对爱情的表达和追求是更加直接和大胆的。

但是，个体觉醒的"新思想"最终还是没能在他们心中扎根。两情缱绻不久，随之而来的是两人内心的罪恶感。白梨影将这段没有结果的恋情称为"孽缘"，"此事为余一生之污点，实亦前世之孽根"，

---

① 徐枕亚：《玉梨魂》，吴组缃主编《中国近代文学大系（小说集六）》，上海书店出版社，1991，第455~456页。

"余不幸为命所磨，为情所误，心虽糊涂，身犹干净"[①]，陷入深深的自责和悔恨之中。他们对于内心的情感缺乏明确坚定的信念，难以说服自己继续发展已经萌发的个人主体意识。因此，他们无法逃离传统世俗的樊篱，只能发乎情止乎礼，贞操、名节依然是难以逾越的鸿沟。对这份爱情未来发展的犹疑、世俗眼光带来的恐惧，最终还是战胜了对自由爱情的向往。为了能够改变两人痛苦的状态，梨娘竟想到李代桃僵的方法，撮合小姑崔筠倩和梦霞订婚，但是，这种本不相爱的婚姻，其结局注定是悲惨的。梨娘和崔筠倩最终都因为爱情婚姻的不幸郁郁而终，而梦霞则是在经历了主体性的觉醒之后，远赴日本加入了革命党，在武昌起义中壮烈牺牲。

三郎、梦霞、梨娘等人的爱情悲剧，是当时情感率先复苏而理智与主体意识暂时发展不够充分的一代人在强大的封建礼教压迫面前的必然结果。在晚清这样一个新旧交替、情感解放的初期，"新人"们主体意识的发展难免会受到传统思想的掣肘。现代"个人"观念和"新人"主体意识发展的不充分性，造成了这些悲情故事的发生。缺乏个人价值观念的有力支撑，便难以产生彻底的主体思想，从而使得新的人格软弱无力，因此，主人公无法为了个体情感向传统礼教发出实际有效的挑战。像三郎、梨娘、何梦霞一样追求个人情感自由的"新人"们，在新与旧的两端煎熬挣扎，既任自己的感情风雷激荡地发展，又表现出对道德伦理的退让。他们感受到封建礼教的不合理而又不敢正面抨击，在这种主体性发展的矛盾中，人物丰富的精神世界凸显出来。男女主人公虽然情感浓烈，但是缺乏直面世俗的勇气，以至于非但不能享受爱情带来的愉悦，反而使爱情成为一段虐心的爱恋，并最终造成个体的悲剧。而到了五四时期，随着思想观念的更新、个性解放的深入、社会风气的日益开明，新的人格终于有了完整的主体

---

① 徐枕亚：《玉梨魂》，吴组缃主编《中国近代文学大系（小说集六）》，上海书店出版社，1991，第 578 页。

思想观念的支撑，能向传统礼教发出强有力的冲击。于是，胡适笔下的田亚梅公然宣布要自己决定婚姻大事，鲁迅笔下的子君面对爱情发出呐喊，表示任何人都没有干涉自由恋爱的权利。丁玲笔下的莎菲更是将对爱情的追求和内心的占有欲展露无遗，尽情享受性爱带来的乐趣。这对于像白梨影一样处于情感解放初期的人物而言是无法想象的。初期的个人主体意识的觉醒为五四新人勇敢地追求自由爱情奠定了基础，也为具有完整的主体意识的"新人"能够真正地走上历史舞台构建了坚实的心理基础。

二　自由婚恋的实现

经过了个人内心情感的初步觉醒，晚清小说中出现了更加主动追寻个人情感自由的人物形象，许多小说作品都表现出了提倡自由婚姻的主题意蕴。譬如《精卫石》中，多处人物对话表现出对包办婚姻的厌恶，表达了对婚姻自由的向往。这些小说中塑造的人物对个人情爱的主体性追求展现得更加明显，出现了一些从自由追求个人情感发展至自由结婚的成功范例，也有自主决定婚姻走向乃至要求离婚的特别例子，这些人物形象在晚清小说乃至整个晚清社会中都是极其难得和特殊的，体现出主体性的巨大效用。

晚清小说中"新人"主体意识最明显的表现之一，是女性在情感领域产生了自主权，开始追求自由平等的爱情。她们对于爱情和婚姻的价值有了新的认识，不再接受"父母之命，媒妁之言"的束缚。越来越多的人对传统儒家女子规范产生了质疑，萌生了自由追求爱情的想法。小说《女子权》对婚姻自由观念大加赞赏，通过叙述主人公袁贞娘的感情经历来展现主体意识在个人情爱自由方面的重要作用。袁贞娘在运动会上遇到邓述禹并一见钟情，但是，两人的爱情遭到父亲极力反对。袁贞娘因不能自己决定婚姻大事而投江殉情，却正好被邓述禹所救。被救后的袁贞娘下定决心非邓述禹不嫁。她进入北京女子师范求学后，经常与同学就婚姻自由观念进行交流，倡导无论男性还是女性都应该勇敢追求内心真正的爱情，并在《津报》上发表了轰动全国的《女权篇》。"一日之间，贞娘便名满天下。到第二日上，各报又转相抄录。于是凡是各处学堂里的女学生，没有一个不说贞娘是中国提倡女权的女豪杰。久之，学界上便替贞娘起个美名，叫作'女界斯宾塞'。"① 在她执着的努力下，袁贞娘最终如愿以偿嫁给了邓述禹。同时，中国女子享有婚姻自主权也被写进了法律。这是晚清小说"新人"形象中凭借个人对爱情婚姻的极大自主性而达到自由结婚的成功范本。不但使自己获得了爱情婚姻的主动性，还促成了全社会婚姻价值观念的进步，体现了晚清小说中"新人"形象的极大的主体性。

晚清书写情感自由、婚恋自主的新小说，突破了政治、社会等公共领域将"个人"纳入"群"的主流思想，重在表现个人情爱的私人领域中"新人"的主体意识。小说《侠义佳人》刻画的"新人"形象的主体性也有较大的发展，部分女性通过自由恋爱、离婚等方式成功挣脱封建婚姻制度的枷锁，实现了个性的解放。主人公柳飞琼是一名孤儿，在女子学堂上学的经历培养了她的主体意识，使她萌发了对自由恋爱的向往。她在一次游园赏花时遇到了楚孟实，二人很快开始自由恋爱。两人相识之初，柳飞琼被楚孟实温柔体贴、花言巧语的表现所蒙骗，但是仅仅过去三四年的时间，楚孟实便本性暴露。在湖南楚家，柳飞琼遭受百般虐待。在晓光会同人的帮助下，柳飞琼成功脱离虎口，逃离了湖南楚家，并与楚孟实离婚，重获个人自由。柳飞琼的自由婚姻虽然以失败告终，但并不能掩盖她对封建婚姻制度的挑战。在当时的封建环境下，女性能勇敢自主地追求个人婚姻自由，冲破封建枷锁，掌握自己的命运，是极其难得的。柳飞琼从大胆追求自由恋爱，到为了人格尊严而坚持离婚，展示出晚清"新人"强烈的个人主

---

① 思绮斋：《女子权》，章培恒主编《中国近代小说大系：女子权·侠义佳人·女狱花》，百花洲文艺出版社，1993，第23页。

体意识。

晚清描写男女主人公追求个人情感和婚恋自由的作品中，还有被学界所忽视的《禽海石》一书。小说主人公秦如华，是一个直接批判传统婚姻伦理观念，追求自由恋爱和婚姻的"新人"。秦如华自幼随父亲在湖北生活，在学堂中认识了顾纫芬。两人互相倾慕，陷入爱河。后来两人的父亲均调京任职，两家成为邻居，两人互通心意后便开始偷偷幽会，经过各自的努力成功说服双方家长订婚。随后庚子事变爆发，两个家庭都遭受巨大变故，一对有情人最终离散。如果不是受到庚子事变的影响，男女主人公自会顺利地喜结连理。晚清言情小说一改过去单纯的儿女情长，转向批判传统封建礼教制度，将感情故事与社会变革、民族危亡联系到了一起。秦如华和顾纫芬在小说前半部分主动追求爱情和婚姻自由，强烈谴责封建包办婚姻，并成功订婚，体现了个人主体性在追求婚姻自主方面发挥的巨大效用。

小说详细描写了秦如华主动追求自由恋爱，谋划婚姻自由的心理过程。秦如华在院中意外偶遇顾纫芬后，一整晚都陷入思念意中人的情绪中："他的父母与他的姊姊又住在一屋，屋子里耳目众多，他既然不能天天出来上学堂，我怎好天天到他屋子里去和他亲热？纵然他母亲有意要我做他家的女婿，但他是女家，不便先行启齿，我又不便将这些说话对我父亲说。就是我想个方法，教他人把这意思去打动我的父亲，还不知我父亲央媒去和他说合在于何年何月。我既然不能常常与他见面，又等不得父亲央人去做媒，似这般室迩人远，岂不要活活的把我闷死了？"[①] 这番心理独白炽热而直接，紧接着，他便开始思索如何才能与自己的意中人天天见面："现在要我父亲去央人说合的话，所谓'远水救不着近火'，我此时且要想个与纫芬天天亲热的方

---

① 符霖：《禽海石》，吴组缃主编《中国近代文学大系（小说集六）》，上海书店出版社，1991，第 869 页。

法要紧。于是，又想来想去想了半天。忽然，绝处逢生，被我想出两个妙法来了。一是我对我父亲说明，只说那三间书房地方雅静，要在那里设个书案，以便晚上在那里用功。纫芬是最爱看花踏月的人，只要是月夕花晨，他必然到园子里来，我就可以请他到书房中坐坐。一是杭州的风俗，男女本不甚避忌。他住在我的后院，我何妨天天进去和他聚首？"① 这番细腻的心理描写在小说情节发展中至关重要，直接展现了秦如华追求个人情感自由所进行的种种努力，显示出鲜明的主体意识，也使秦如华这个情感炽热，主动追求自由恋爱的"新人"形象跃然纸上。

　　除了积极追求爱情和婚姻的自主权，秦如华对封建传统婚姻制度也进行了猛烈的批判。因为庚子事变的影响，秦如华和顾纫芬被强行拆散。秦如华跟随父亲回归南方，在父母的逼迫下另聘妻妾，而顾纫芬和母亲离京后遭人欺骗，生活陷入困境。顾纫芬不忍继续受辱，绝食身亡，秦如华知道后也殉情而亡。秦如华在为爱人殉情前对封建社会的婚姻制度进行了强烈的抨击："看官，可晓得我和我这意中人是被那个害的？咳！说起来也可怜，却不想是被周朝的孟夫子害的！看官，孟夫子在生的时，到了现在已是两千几百年了，他如何能来害我？却不想孟夫子当时曾说了几句无情无理的话，传留至今。他说：世界上男婚女嫁，都要凭着父母之命，媒妁之言。否则，父母国人皆贱之！咦，他全不想男婚女嫁的事，在男女两面都有自主之权，岂是父母媒妁所能强来干涉的？……自从有了孟夫子这几句话，世界上一般好端端的男女，只为这件事被父母专制政体所压伏，弄得一百个当中倒有九十九个成了怨偶……自古至今，死千死万，害了多少男女？就是我与我那意中人，也是被孟夫子害的！咳，我若晓得现在文明国一般自由结婚的规矩，我与我那意中人也不至受孟夫子的愚，被他害得这般

① 符霖：《禽海石》，吴组缃主编《中国近代文学大系（小说集六）》，上海书店出版社，1991，第870页。

地步了。"① 从秦如华的这段强有力的宣言中就可以清晰地看出,秦如华有着十分明显的个人主体意识。他批判传统婚姻制度,反抗陈旧腐朽的封建礼教的压迫,控诉历经千年的传统伦理观念,向往恋爱自由和婚姻自主。无论是秦如华的父亲一开始"同居须得避嫌,不便缔秦晋之好"的说辞,还是南归之后替儿子主张与富家女缔立婚约,都体现了"父母之命,媒妁之言""君为臣纲、父为子纲"的封建思想对爱情自由、婚姻自主的阻碍,是破坏爱情婚姻幸福的重要因素。而"新人"秦如华则明确地表达出反对封建世俗观念、批判封建婚姻制度、提倡婚姻自主的现代思想。他大胆地提倡自由恋爱,在晚清时期可谓是相当超前的。小说将批判封建婚姻制度和伦理观念作为叙述"新人"主体性的重点,也正因其塑造的人物如此肯定人欲,肯定个人对情爱追求的主体性,这部作品才充满了现代色彩。

在中国长达千年的封建历史中,个体价值往往容易被忽略,个性更是被完全压制不能伸展。而到了晚清时期,写情小说塑造的"新人"形象却体现出较为强烈的个人主体意识。对"个人"的重视,往往是在书写爱情的表达中展开的。写情小说以书写男女爱情为主旨,一方面,正如前文所提到的,爱情本身就是非常私人化的一种情感,具有明显的个人性和主体性。正是在恋爱自由、婚姻自由的表达中,促进了现代意义的"个人"的出场。晚清小说中描写的这些男女主人公,追求爱情自由,抵抗封建包办婚姻,这一行为本身就隐含着较强的主体意识。另一方面,这些奋力追求个人情爱的"新人"形象的出现,也随之产生了意外的思想力量,这种力量主要源自情感。读者在阅读过程中渐渐积聚起对男女主人公的同情,并逐渐转化为一种不同以往的新观念,在一定程度上促使普通民众更加重视个人的情感,促成了晚清社会人们的思想、伦理、文化等方面的转变,这种转变对晚

---

① 符霖:《禽海石》,吴组缃主编《中国近代文学大系(小说集六)》,上海书店出版社,1991,第 861~862 页。

清至五四及以后的小说创作都具有连续的影响。晚清小说中勇敢追求个人情爱的"新人"，是从古代传统保守的才子佳人到五四"出走寻爱"的叛逆青年之间的过渡人物，正是对自由婚恋的主动追求和这些过渡的"新人"形象，为五四个性解放时代冲破封建牢笼的"健全的个人"的到来奠定了良好的基础。

第三章

位卑未敢忘忧国："新人"的
民族大义与家国情怀

当 19 世纪中叶西方列强用坚船利炮打开了中国的大门,使中国逐渐沦为半殖民地半封建社会之后,以中国为中心的"天下"观破灭。传统民族主义思想难以应对这场千古未遇的大变局,不可避免地走向了衰微。与此同时,建立现代民族国家、实现国家独立和主权完整成为整个晚清国民的政治诉求,现代民族主义思潮逐渐兴起并成为晚清时期主要的社会思潮之一,影响着晚清小说的创作。

第一节　传统民族主义的衰微与现代民族主义的兴起

民族虽然是西方社会进入近代以来才产生的概念,但作为一种社会现象其实早就已经存在。英国著名学者埃里克·霍布斯鲍姆曾说:"若想一窥近两世纪以降的地球历史,则非从'民族'(nation)以及衍生自民族的种种概念入手不可。"[①] 作为"衍生自民族"的一个重要的概念,民族主义是理解晚清历史进程的关键词之一。现代民族国家对专制王权国家的取代,世界殖民体系的形成与瓦解,都与民族主义有着一定的联系。考察 1840 年鸦片战争之后沦为半殖民地半封建社会的晚清社会历史,民族主义更是不可或缺。罗志田提出:"如果将晚清以来各种激进与保守、改良与革命的思潮条分缕析,都可发现其所包含的民族主义关怀,故都可视为民族主义的不同表现形式。"[②] 因此民族主义的发展变化具有时间上的阶段性和含义的多层次性。既有现代民族,也有古代民族。相应地,民族主义既包括前资本主义时代的

---

① 〔英〕埃里克·霍布斯鲍姆:《民族与民族主义》,李金梅译,上海人民出版社,2000,第 1 页。
② 罗志田:《乱世潜流:民族主义与民国政治》,上海古籍出版社,2001,第 1 页。

传统民族主义，也就是种族意识，也包括进入资本主义时代之后的现代民族主义。中国的传统民族主义具体表现为地理上的中国中心说、文化上的中国优越性和政治上的天下大一统思想。而在西方列强的坚船利炮无情地将中国卷入资本主义世界体系之后，传统民族主义思想已然难以应对这场剧烈的变革，不可避免地走向了衰落。西方现代民族主义思想传入晚清社会，晚清国民们开始纷纷要求建立现代民族国家，追求国家独立和主权完整，具有现代意味的民族主义思潮逐渐兴起。

一　中国传统民族主义的式微

民族是一个广义的概念，"中国从秦汉开始，就形成了统一的多民族国家，虽然自那时起直到清中叶，其民族思想仍属于原初型的族类民族主义和次级原初型的文化民族主义，但由于中国高度发达的农业、手工业经济，完备的政治制度和光辉灿烂的传统文化，早已使得中国古代的民族共同体具有巨大的凝聚力和顽强的生命力"[1]。民族的发展变化具有阶段性，民族主义也并不是一成不变的，而是发展变化的，在不同的历史时期，具有不同的表现形态。正如余建华所说："民族的形成是一个发展的历史过程。从民族形成的上限来看，民族是人类进入阶级社会之后，在部落和部落联盟的基础上开始形成的，以后随着人类历史的进步，作为民族初始形态的部族逐渐演变为更具民族完备形态的现代民族，至此民族的形成过程基本完成。"[2] 中国的传统民族主义思想在春秋战国时期就已经基本形成，它以"夷夏"观为核心内容，包括"天下"观、"大一统"等思想。传统的民族主义认为，在地理上，中国是天下的中心和主体。古代中国人认为中国是

---

① 罗福惠主编《中国民族主义思想论稿》，华中师范大学出版社，1996，第412页。
② 余建华：《民族主义——历史遗产与时代风云的交汇》，学林出版社，1999，第8页。

天下的中心，是世界的主宰。明代来华的意大利传教士利玛窦就见证了这一点。利玛窦在中国见到了当时由中国人绘制的世界地图，地图的中间是大明帝国的十五个省，四周的海上则散布着一些外国的零星岛屿，利玛窦对此作出这样的描述：中国人认为自己国家的领土范围辽阔到"实际上与宇宙边缘接壤"①，他们的"世界仅限于十五个省"②，而中国是世界的中心。在文化上，传统民族主义认为中国的思想文化具有无与伦比的优越性，形成了强烈的文化优越感。认为中华文明远驾四夷，是那些野蛮落后的民族学习、仿效的对象。在政治上，传统民族主义认为中国的天子是大一统天下的共主，由于中国在地理上的中心位置和文化上的优越性，中国和其他诸国之间是一种君臣等级关系。"普天之下莫非王土，率土之滨莫非王臣。"正是在这种观念的影响下，西方国家派来中国进行交流沟通的使者，都被封建王朝的统治者们视为是"化外之邦"对"天朝上国"的臣服，例如乾隆、嘉庆年间英国使节两次来华，都被视为"英吉利贡使"，并因使者觐见中国皇帝时没有行跪拜之礼而产生了争执。

西方列强的坚船利炮使中国被迫进入世界殖民体系之后，现代民族主义思想在中国悄然兴起，但起初还是以传统民族主义为主，大多数中国人依然坚持着传统的天朝上国观念。近代中国的传统民族主义思想内核虽然还是传统的"华夷观念"，但与之前相比，这时期的"华夷观念"在思想内涵上已经发生了变化，由此激发的传统民族主义思潮已经不再主要针对大一统中国内部的民族矛盾，而是针对来自外部的中外矛盾。在1840年鸦片战争爆发之前，所谓民族问题，本质上都是中华民族的内部问题和内部矛盾。而在1840年鸦片战争爆发之后，中国不断受到西方列强的侵略，签订了各种丧权辱国的条约，这

---

① 利玛窦、金尼阁：《利玛窦中国札记》，何高济、王遵仲、李申译，中华书局，1983，第6页。
② 利玛窦、金尼阁：《利玛窦中国札记》，何高济、王遵仲、李申译，中华书局，1983，第179页。

已经不是中华民族内部的矛盾，而是中华民族抵抗外来民族侵略的外部矛盾。在连续的丧权辱国条款的冲击下，彼时的中国人意识到在强国并立的国际环境中，中国只是其中的一个弱国，只有自立自强才能免受帝国主义的欺辱。传统民族主义思想难以应对这场大变局，于是中国不可避免地走向了衰微。

晚清时期，以林则徐为代表的一批士大夫开始编撰地理著作，"开眼看世界"。例如《四洲志》（林则徐）、《海国图志》（魏源）、《康辅纪行》（姚莹）、《瀛环志略》（徐继畬）、《海国四说》（梁廷楠）、《坤舆全图》（叶子佩）等一批介绍世界地理风貌的著作相继问世。这些地理著作资料丰富，对地球的全貌、南北极、经纬度、四大洋、五大洲以及世界各国的情况都作了比较全面系统的介绍，帮助国人正确客观地认识了中国以外的世界。地理上的"中国中心观"逐渐破灭的同时，在思想文化界，越来越多的中国人开始以一种开放的心态对中国传统文化的不足进行反省，对西方现代文明的先进性有了客观的认识。第一次鸦片战争之后，林则徐认识到西方国家"坚船利炮"的强大威力，提出要向西方学习先进的科学技术。魏源在此基础上更进一步，他意识到"西夷之所长不徒船炮也"，"夷之长技三：一战舰，二火器，三养兵练兵之法"[①]，明确提出了向西方学习的主张。在《海国图志序》中魏源这样说道："是书何以作？曰：为以夷攻夷而作，为师夷长技以制夷而作。"[②]郑观应等人也提出了"中体西用"的思想。这些思想观点虽然没有触及中国文化的根本，但主张向西方学习的态度，已经表明中国的有识之士开始意识到中国文化存在的不足和落后之处。在政治层面，经过两次鸦片战争、甲午中日战争等一系列战败的事实，清王朝已经彻底丧失了自以为的"天朝上国"的政

---

① 魏源：《筹海篇三（议战）》，任访秋主编《中国近代文学大系（散文集一）》，上海书店出版社，1991，第494页。

② 魏源：《海国图志序》，任访秋主编《中国近代文学大系（散文集一）》，上海书店出版社，1991，第486页。

治地位。晚清知识分子的视野日渐开阔，他们认识到了中国与世界各国的并立与竞争关系。比如薛福成就提出了一种蕴含着地理与政治双重意义的新的"天下"观，认为中国的发展，经历了由"鸿荒之天下，一变为文明之天下"，"由封建之天下，一变为郡县之天下"，由"华夷隔绝之天下，一变为中外联属之天下"[①] 的三次巨变。王韬也认为："自与泰西诸国通商立约以来，尽舟航之利，历环瀛之远，视万里有如咫尺，经沧波有同衽席，国无远近，皆得与我为邻……于是纵横出入，骎骎乎几有与中国鼎立之势，而有似乎春秋时之列国。"[②] 可以看出，由于多次战败的经历和丧权辱国条约的签订，晚清时的中国已经完全丧失了政治上的优越性。虽然晚清社会仍然有一些顽固守旧派坚持着传统民族主义的"天下观"，抱残守缺，但从地理、文化和政治等三个方面产生的变化来看，晚清时期传统民族主义走向了衰落。

二 晚清现代民族主义思想的兴起

在传统民族主义思想走向衰微的同时，现代民族主义思潮在中国晚清应时兴起。现代民族国家的观念起源于欧洲，是资本主义兴起的产物。"民族主义不完全是舶来品，外来民族主义思想观念和理论模式必须与本土文化的某些因子发生同构共鸣，才能为中国人所接受。"[③] 晚清时期，中国的社会性质已经在帝国主义的侵略下发生了深刻变化。传统民族主义思想已经不能适应晚清的社会环境和政治局势，晚清知识分子为了挽救民族国家危亡，表现出了构建现代民族国家的强烈愿望，中国的现代民族主义思想由此产生。

西方列强的频繁侵略和清政府在政治、军事、外交等方面的接连

① 薛福成：《薛福成选集》，上海人民出版社，1987，第555页。
② 王韬：《弢园文录外编》，中华书局，1959，第40页。
③ 单正平：《晚清民族主义与文学转型》，人民出版社，2006，第21页。

溃败，使一部分敏锐的中国人强烈地感受到了前所未有的民族危机。鸦片战争之后，部分先进的中国人开始积极探索民族自强的各种路径，推行洋务运动，学习西方的科学技术。但是当时的现代民族主义思想主要是在社会上层精英之中流传，广大普通民众对此并无太多了解。甲午战争之后，国家局势急剧恶化，现代民族主义思想开始由上层知识精英向社会中下层大众传播。《浙江潮》中关于现代民族主义的强烈期盼，可以说展现了当时整个晚清社会的诉求："今日若中国再不以民族主义提倡于吾中国，则中国乃真亡也！"① 国人已经认识到了民族主义是"合群保种"、抵抗帝国主义侵略的有效途径，救亡图存"必先合莫大之大群，而欲合大群，必有可以统一大群之主义，使临事无涣散之忧，事成有可久之势，吾向欲觅一主义而不可得，今则得一最宜于吾国人性质之主义焉，无地（他），即所谓民族主义是也……帝国主义实以民族主义为之根柢，故欲遏此帝国主义之潮流者，非以民族主义筑坚壖以捍之"② 梁启超第一个向晚清国民们系统地介绍了现代民族主义思想。他在流亡日本的时候学习了大量的西方现代思想，结合中国数千年的历史变迁和晚清内忧外患的现状，形成了对现代民族主义独特的认识。梁启超在1901年发表的《国家思想变迁异同论》中对现代民族主义进行了详细的介绍，在文章的开头他就提到了民族主义精神在当今民族国家发展中发挥的巨大力量："今日之欧美，则民族主义与民族帝国主义相嬗之时代也。今日之亚洲，则帝国主义与民族主义相嬗之时代也……百年来种种之壮剧，岂有他哉？亦由民族主义磅礴冲激于人人之胸中，宁粉骨碎身，以血染地，而必不肯生息于异种人压制之下。"③ 梁启超这样阐释民族主义概念："民族主义者何？各地同种族、同言语、同宗教、同习俗之人，相视如同胞，务独

---

① 余一：《民族主义论》，《浙江潮》（东京）1903 年第 1 期。
② 竞盦：《政体进化论》，《江苏》（东京）1903 年第 3 期。
③ 梁启超：《国家思想变迁异同论》，《梁启超全集》（第一册），北京出版社，1999，第 458~459 页。

立自治，组织完备之政府，以谋公益而御他族是也。"① 他认为："今日欲救中国，无他术焉，亦先建设一民族国家也。"在他的倡导之下，现代民族主义思想逐渐渗透到晚清各项社会改革之中。同时，梁启超还意识到现代民族主义思想中的自由主义内涵："民族主义者，世界最光明正大公平之主义也。不使他族侵我之自由，我亦毋侵他族之自由。其在于本国也，人之独立，其在于世界也，国之独立……凡国而未经过民族主义之阶级者，不得谓之为国。"② 提出了民族国家独立自主的重要性。梁启超强调独立的民族国家是当时国际社会中的基本单位，呼吁广大国民培养自己的现代民族精神，形成现代民族国家观念，以对抗他国对中国的侵略："知他人以帝国主义来侵之可畏，而速养成我所固有之民族主义以抵制之。斯今日我国民所当汲汲者也。"③ 现代民族主义思想因而在晚清社会各阶层传播开来。

在现代民族主义思潮的影响下，要求建立独立的现代民族国家的呼声不绝于耳："今而后，吾以民族主义为宗旨，合我黄农裔胄，组织民族的国家，事成，为独立之国民；不成，为独立之雄鬼。国兴，我民族自兴之，国亡，我民族自亡之。"④ 创刊于 1901 年的《国民报》，在创刊号中刊载的《原国》一文也谈道："故吾民苟立国则已，再不立，则今日之惨，犹不为甚。他日者，四万万之民，必将散之于西比利亚，散之于阿非利加，散之于澳大利亚，且所至之地，土人得而窘逐之，白人得而践踏之。而所谓中国者，永无中国人之足迹，而所谓中国人者，地球上永无容身之地，是虽历千万年、亿兆年，而终无立国之一日也。顾问四万万同胞，将何以处此？"在呼吁建立现

---

① 梁启超：《新民说·论新民为今日中国第一急务》，《梁启超全集》（第二册），北京出版社，1999，第 656 页。
② 梁启超：《国家思想变迁异同论》，《梁启超全集》（第一册），北京出版社，1999，第 459～460 页。
③ 梁启超：《国家思想变迁异同论》，《梁启超全集》（第一册），北京出版社，1999，第 460 页。
④ 效鲁：《中国民族之过去及未来》，《江苏》（东京）1903 年第 3 期。

代民族国家的同时，亦有晚清先觉者开始具备明确的国家主权意识。同样发表于《国民报》的《中国灭亡论》一文也指出："吾闻世界所谓完全无缺、独立强盛之国，非徒以其土地之大、人民之众也，恃其有特立不羁、至尊无上之主权者也。世界之国，不论为君主、为民主、为君民共主，凡有主权者则其国存，无主权者则其国亡。"1902 年，梁启超在《新民说》的《论自由》一文中讨论人的自由平等权利时，也提到了国家主权的问题："一国之人，聚族而居，自立而治，不许他国若他族握其主权，并不许干涉其毫末之内治，侵夺其尺寸之土地，是本国人对于外国所争得之自由也。"① 尤其难能可贵的是，晚清知识分子在阐释现代民族主义思想时，将民权与国权放到了同等重要的位置上，也就是说，他们认识到民族主义是与民主主义结合在一起的，提出了具有现代意味的国民权利观。严复较早地引入了西方的"天赋人权"观念，并比较了西方的"自由"观念与中国的"恕""絜矩"二者之间的区别："夫自由一言，真中国历古圣贤之所深畏，而从未尝立以为教者也。彼西人之言曰：唯天生民，各具赋畀，得自由者乃为全受。故人人各得自由，国国各得自由，第务令毋相侵损而已。侵人自由者，斯为逆天理，贼人道。其杀人伤人及盗蚀人财物，皆侵人自由之极致也。故侵人自由，虽国君不能，而其刑禁章条，要皆为此设耳。中国理道与西法自由最相似者，曰恕，曰絜矩。然谓之相似则可，谓之真同则大不可也。何则？中国恕与絜矩，专以待人及物而言。而西人自由，则于及物之中，而实寓所以存我者也。"② 在现代民族主义思想的基础上，梁启超论述了"国民权利"的相关问题。1901 年，梁启超在《国家思想变迁异同论》一文中宣讲了"天赋人权，人人平等"的思想："人权者出于天授者也。故人人皆有自主之权，人人皆平等；国家者，由人民之合意结契约而成立者也。故人民当有无限之

---

① 梁启超：《新民说·论自由》，《梁启超全集》（第二册），北京出版社，1999，第 676 页。
② 严复：《论世变之亟》，王栻主编《严复集》（第一册），中华书局，1986，第 2 页。

权，而政府不可不顺从民意，是即民族主义之原动力也。"① "民族国家被看成是一个政治共同体，领土、主权、现代国民构成了现代民族国家的核心要素。"② 在现代民族主义思潮的影响下，建构独立自主的民族国家、捍卫国家主权完整、倡导平等自由的国民权利等具有鲜明的现代民族意识的思想观念在晚清社会广为流传，现代民族主义思潮成为影响晚清社会广泛的社会思潮之一。

中国的现代民族主义思潮萌发于鸦片战争，经过漫长的酝酿，兴起于1894年的甲午中日战争之后。从历史的角度来看，甲午战争之前的两次鸦片战争和太平天国运动已经给清王朝以很大的打击，李鸿章等人亦有所觉悟，开展了"自强求富"的洋务运动，但这并未触及问题的根源，即腐朽衰败的封建制度，所以洋务运动失败了。而从文学创作方面来说，从鸦片战争到中日甲午战争的50多年里，虽"经国耻历国难"，但是小说在创作上却没有太大的变化。"随着西学的输入，思想界学术界开始发生变化……但在小说创作领域内，却闻不到一点受西方文化影响的气息……无论是思想内容还是艺术形式，和古小说都没有质的不同。"③ 另外，在许多知识分子看来，西方优越之处无非在于"船坚炮利"，在军事技术上超过中国而已，而谈到思想文化，依然以中国为尊。但是在与日本的较量败下阵之后，也就是甲午之战以后，国人大受震动，不敢相信自己竟被小小的日本所羞辱。现代民族主义思想的兴起慢慢引起了文学界的变化，这其中又以小说创作受到的影响最大。小说家越来越意识到民族国家处于生死存亡关头，体会到小说在唤醒国民救亡图存中的重要作用。于是，晚清出现了以现代民族主义思想为主导的小说作品。甲午战争结束不久即有多部宣扬

① 梁启超：《国家思想变迁异同论》，《梁启超全集》（第一册），北京出版社，1999，第458页。
② 孔亭：《现代化视野下的中国近代启蒙思想研究（1895—1923）》，山东大学出版社，2014，第142页。
③ 欧阳健：《晚清小说简史》，山西人民出版社，2005，第3页。

现代民族主义思想的时事小说问世，随后的戊戌变法、庚子事变等事件都成为小说创作极好的取材依据，引起民众思想情感上的极大震动，并由此带来晚清小说"新人"形象民族性特征的发展。所谓"新人"的民族性特征，有三个要点：一是"新人"对本民族的思想感情，二是由这种感情生发、升华而形成的现代民族主义思想和理论体系，三是在上述两点的推动下展开的政治、文化和社会改革。更简明地说，"新人"的民族性就是其民族自我意识的现实表现，他们开始对本民族的现状有一个清醒的认识，对自己的民族具有丰富的情感和美好的期望。晚清时期产生了现代民族意识的"新人"们，在强烈的民族感情的推动下探究国家独立富强的途径，展开了一系列救亡图存的社会活动。晚清小说中的"新人"形象寄予着晚清国民的社会理想与政治诉求，从"新人"与民族国家的关联出发，可以看出晚清知识分子是如何以塑造"新人"形象来想象民族国家的主体的，以及如何想象主体与时代之间的内在联系。晚清时期残酷的战乱、动荡复杂的社会环境共同构成了晚清小说中"新人"形象民族性的现代内涵。"新人"形象的民族性内涵反映了面对晚清内忧外患的社会现实，广大有识之士意识到自己必须承担起拯救民族危亡的历史使命，积极探索救亡图存之路。

在现代民族主义思想影响下，晚清"新人"们为实现民族自强展开了不同路径的探索，从器物和制度两个层面展开挽救民族危亡的救国大业，体现出强烈的爱国救亡的民族性特点。作为中国近代的主要社会思潮之一，现代民族主义思想极大地影响了晚清文学的发展，也影响着晚清小说中人物形象的塑造。晚清先觉者们两个层面的救亡图存活动，不可避免地反映到晚清小说创作之中，也展现出晚清小说中"新人"形象民族性的两方面的内容。

无论是以"自强、求富"为口号的器物层面的革新，还是主张"反帝反封""民主救国"的制度层面的变革，晚清"新人"们从学习西方先进的科学技术、兴办实业到积极对抗西方侵略者、改革社会制度、民主救国，都为实现民族独立和国家富强做出了极大的努力，促进了现代民族主义思想的传播。晚清小说中这些追求民族独立、国家富强的"新人"形象的出现，也从侧面反映了晚清知识分子内心的矛盾。一方面他们痛恨帝国主义对中华民族的残酷剥削，对贫苦老百姓的压迫摧残；另一方面他们又知道文化输入能够有力地推动封建制度的瓦解。在 20 世纪的中国，启蒙与救亡是紧密联系在一起的，启蒙话语亦有着深厚的民族主义关怀。随着现代民族主义思想在中国社会发展的日益成熟，启蒙和救亡的呼声蓬勃高涨，联系日益紧密，这也是促成辛亥革命和五四运动的原因之一。就五四运动这场对 20 世纪中国影响最为深远的民族救亡运动而言，它的发生与晚清时期即已萌发的现代民族主义思潮密不可分。五四小说中的人物，承接晚清小说中"新人"形象的民族性内涵，同样是为民族独立而战，新民主主义革命中的革命"新人"们在改革社会制度、打倒帝国主义、推翻封建势力的斗争中具备了更加彻底的革命性和民族性。譬如《药》中的革命志士夏瑜、《冲出云围的月亮》中的王曼英等等，皆是晚清"新人"形象民族性特质的延续。针对不同历史阶段的现实特点，"新人"的民族意识在不同的历史时期呈现出不同的表现形态。

第二节　实业救国：民族富强的基础

现代民族主义在近代中国勃兴以后，晚清先觉者对民族自强路径的探索，包含从器物层面的更新到制度层面的变革的转化。器物层面的更新主要体现为以"自强、求富"为目标的洋务运动。洋务运动得到了奕䜣、曾国藩、李鸿章、左宗棠、张之洞等中央和地方官员的大力支持，他们以"中体西用"为指导思想，在兴办近代企业、建立新式军队、派遣留学生出国学习西方科学技术等方面都做了许多积极的工作。反映在晚清小说中,许多作品也流露出对西方现代科技和繁华商业的向往。《文明小史》就写到主人公饶鸿生出访美国,发现美国"厅上下电气灯点的雪亮,望到地下去,纤悉无遗"①,表现出对西方现代文明的向往。在晚清小说塑造的"新人"形象中,出现了一批倡导学习西方先进科学技术,兴办实业,以求实现国家独立富强,挽救民族危亡的商业"新人"。他们秉持"自强、求富""师夷长技以制夷"的观念,积极兴办实业,发展商业,希望实现民族富强,继而推动民族独立,展现出丰富的现代民族主义内涵。

一 以器物救国的民间商贾

在中国几千年的封建社会发展史中,"商"长期处于社会的底层。但是随着商品经济的日渐繁荣,商人的地位不断提升。郑观应在《盛世危言》中强调商业的重要性,提出"欲自强,必先致富;欲致富,必首在振工商"②的主张,鼓励民间组建工商业团体,大力发展现代工业,将"商"上升到立国的关键地位,使得晚清时期商人的社会地位有了显著的提高。"实业救国"呼声高涨,民间商贾开始纷纷投入兴办厂房、成立公司、学习西方技艺的实业发展热潮之中,民族资本主义兴起。作为新兴资产阶级的民族资本主义商人,他们的出现对中国晚清的社会变革产生了非常大的影响。晚清时期,西方帝国主义加紧对中国的掠夺,清政府的腐朽统治更是加剧了社会矛盾,内忧外患的局面之下,全国范围内的反帝反封建斗争屡屡发生。譬如在抵制洋货、收回利权的斗争活动中,民族资本主义商人就发挥了重要的作用。他们纷纷建立厂房,引进西方先进的科学技术,大胆地与洋人进行竞争,抵御西方列强的经济侵略。晚清小说中塑造了一批具有民族情怀和

---

① 李宝嘉:《文明小史》,华夏出版社,2013,第304页。
② 郑观应:《盛世危言》,华夏出版社,2002,第56页。

强烈忧患意识的民间实业家，他们主张"工商立国"，将个人命运同国家、民族的前途紧密联系在一起。例如晚清小说《市声》，就写到广东的茶商为了挽回中国茶叶的利权，自主建立制茶公司，学习西方采用机器制茶，"学印度的法子，和园户说通，归我们经理。叫园户和商家联成一气，把四散的园户，结成个团体，凑合的商人，也并做一公司。"①。面对西方国家的压迫，这些民间商贾毫不畏惧，积极面对，敢于竞争，从器物的更新层面主动为国家经济和民族独立贡献力量。这些来自民间的实业者们以振兴民族经济为己任，通过创办实业，发展工商业，来实现自己追求民族独立、挽回国家主权的伟大理想。

小说《宦海》描写了一位新兴的民族资本主义商人陈连泰。作品主要赞美了陈连泰敢于拼搏、勇于与洋人竞争的民族气节。小说写到，在广东城外，珠江一带的堤岸因为长期没有修固，坍塌严重，需要重新修葺。然而，当地方官员袁太守找本地工头组织修建时，那些工头都表示不敢承担这项工作。究其缘由，工头们都说："这些堤岸倒有一半在外国人的租界里头，除了外国人，是别人办不来的……既然有一半落在他租界里头，他们外国人一定要想承办这个工程的。若是我们中国人做了去，他就横又不好，竖又不好，千方百计的想着法儿，出你的花样。皇上家到了如今的世界，还怕着外国人，何况我们做工的，哪里挡得住他的挑剔。"② 袁太守又问："万一外国人不来说话，这个工程竟归你们承办，约摸着要多少银子呢？"没想到众工头竟异口同声地表示："就是外国人不来挑剔，我们也没有这样大气魄来包办这个工程。"③ 西方列强的残暴掠夺和晚清政府的腐朽没落，使得很多国人变得畏首畏尾。陈连泰知道此事后，激发起内心强烈的民族情

① 姬文：《市声》，团结出版社，2017，第 41~42 页。
② 张春帆：《宦海》，阿英编《晚清文学丛钞》（小说三卷上册），中华书局，1960，第 84 页。
③ 张春帆：《宦海》，阿英编《晚清文学丛钞》（小说三卷上册），中华书局，1960，第 84 页。

绪。他说道："我不信我们中国人就这般没用，连一个工程都承办不来，一定要让外国人去承办。我不管他三七二十一，我一个人去承办这个工程，看那外国人怎样的和我过不去！"① 立刻向袁太守表示愿意学习西方修筑堤坝的技术，一个人独立承办这个工程。面对外国人的刻意刁难和强权压力，陈连泰敢于与之进行正面竞争，他的这一举动表明晚清商人已经具备了初步的现代民族意识和斗争精神。

小说《市声》中进一步塑造了几位追求民族独立和民族尊严的商人形象，他们都从器物更新层面推动了民族资本主义的发展，推动了中华民族走向独立富强的历史进程。比如实业家许晴轩成立耕田公司，与时俱进，采用先进的机器设备和现代科学技术改造传统农业，开展现代商业管理，振兴民族实业。又如宁波商人华达泉，是一位满怀忧国忧民情怀的民族"新人"，他携巨资到上海成立公司，发展实业，欲与洋商一争胜负。华达泉还认识到商业教育的重要性，建立了商务学堂，培养懂实业办商务的人才。《市声》中最具民族主义代表性的是"新人"刘浩三。刘浩三是秀才出身，留学外国工业学校三年，了解西方国家资本财富积聚的形式，因此，他主张学习西方科学技术，实业救国："兄弟是见到外洋已经趋入电气时代，我们还在这里学蒸气，只怕处处步人家的后尘，永远没有旗鼓相当的日子，岂不可虚！更可怜的连汽机都不懂。春翁没听说赫胥黎说的优胜劣败么？哼，只怕我们败了，还要败下去，直至淘汰干净，然后叫做悔不可追哩！"② 认为中国需要加紧学习西方国家的先进技术。此外，他注重发展实业，顺应时代发展潮流开办工艺学堂，力求将知识转化成生产力。他将培养技术工人、学习西方科技放到了非常重要的位置。晚清时期国货生产技术落后，在与洋货的竞争中缺少竞争力。而刘浩三通过筹办工艺

---

① 张春帆：《宦海》，阿英编《晚清文学丛钞》（小说三卷上册），中华书局，1960，第84页。

② 姬文：《市声》，团结出版社，2017，第226页。

学堂、培养技工、组织工业负贩团、联合工商两界自产自销等措施，扩展了内地国货的销售市场，避免更多银钱流入洋人手中，为民族资本的积累做出了巨大贡献。刘浩三顺应时代潮流，兴办实业，学习西方现代技术，成长为一名可以与洋商相抗衡的民间实业家，从器物更新层面推动了民族独立的历史进程。

晚清时期民间商人的这些爱国行动，展现了独特的时代风貌，反映了晚清时期国家经济和商业转型的现代性趋势。晚清小说中塑造的一系列不同于中国古代传统商人的"新人"实业家，为着自己心中富民强国的民族理想，积极开办工厂，引进西方先进技术，促进民族资本主义经济发展，为推动民族独立的历史进程做出了特殊的贡献。陈连泰、许晴轩、刘浩三等晚清实业家提出的"实业救国""挽回利权""培育工艺"等具有民族意识的主张深刻地影响了晚清民族经济的发展，体现了具有现代民族主义特征的商界"新人"对国家和民族高度的责任感和历史使命感。

二 双重身份的救亡实业家

清政府在与西方列强的战争中屡屡战败，割让国土，赔偿巨款，国家主权和民族独立遭受极大的损害。"天朝上国"的固有观念土崩瓦解，这促使晚清有识之士对传统文化理念进行了深刻反思，积极探索救亡图存的道路。在民间资本主义经济逐渐活跃的基础上，有感于西方国家坚船利炮的威力和高度发达的经济，晚清政府内部一些进步官员们提出了向西方学习科学技术、发展实业、兴办近代企业的器物层面的改良主张。晚清作家因而塑造出一些主张学习西方现代科技的"新人"官员。比如《中东大战演义》中的抗战英雄刘永福将军，他带领全台军民抵抗日本帝国主义的侵略，誓死保卫国家领土，但是最终还是因为武器装备的落后战败于日本。失败的教训让他萌生了向西方学习先进科学技术的想法，他告诫自己的儿子，习武报国已是无用，学习西学才是挽救民族危亡的正途。他批判了"仕进""功名"等误国误民的传统观念，劝自己的后代学习西学，从器物改良层面拯救民族国家。可见在晚清时期，不少清政府官员也意识到了在强权世界落后就要挨打的现实，具备了初步的现代民族意识，产生了"自强、求富"的救亡心理。因此，在晚清政府推动的器物层面的救亡改良活动中，便出现了一些具备官商双重身份的实业家。

在"自强、求富"的宣传鼓动下，一批近代企业得以建立，发展实业的商人群体社会地位迅速提高，晚清政府中有一些官员也直接或间接地参与到经营活动之中。官商相互融合，商人和政府的联系更加紧密，经济实力和政治势力都得到了提升。在晚清时期，有一些商人通过向朝廷缴纳一定的银钱，谋得了官职，因此在当时出现了一些兼具官商双重身份的红顶商人，这其中亦不乏有报国救亡之志的爱国实业家。《胡雪岩外传》中的主人公胡雪岩，即是晚清时期最具代表性的"以商充官，复以官经商"的红顶商人。胡雪岩是一个充满爱国情怀和民族意识的实业家。在支援国家方面，他支持浙江巡抚左宗棠推行的洋务运动，主张向西方学习先进的科学技术，兴办近代企业，促进晚清社会民族经济的发展。他学习西方国家的银行制度，创立了阜康钱庄，推动民间资本流动。同时，他借助钱庄的巨大财势，为左宗棠充实军饷，在左宗棠收复新疆的过程中贡献了巨大力量，为保护国家领土主权完整做出了重要贡献。在救助百姓方面，胡雪岩大力推行慈善事业，"钱江义渡、难民局，指不胜屈。凡浙江最大的善举，不是他为首倡，也是他为协助，由是名噪天下"[1]。积德行善、分送药材、治病救人，造福广大贫苦百姓。晚清时期国门大开，西方各国纷纷向中国倾销洋布等纺织品，严重打击了中国本土自然经济的发展。面对资本主义的经济入侵，胡雪岩组织人

---

[1] 大桥式羽：《胡雪岩外传》，章培恒主编《中国近代小说大系：胡雪岩外传·市声·商界鬼蜮记》，百花洲文艺出版社，1993，第10页。

员学习西方的织布技术，为了维持广大江南农村养蚕人家的生计，他以一己之力收购了所有江南农户的蚕丝，与西方资本主义经济相对抗。虽然对抗的结局是失败的，但是，胡雪岩此举非常鲜明地体现了一个晚清爱国实业家的民族情怀。胡雪岩虽然是依靠晚清政府起家的商人，自己本身也同时具备"官""商"的双重身份，但是当他面对西方资本主义对中国的经济侵略与渗透时，充满民族大义，作为一个官商一体的"新人"，他不甘屈服的民族气节在晚清社会显得尤为可贵。

晚清作家吴趼人所著的自传体小说《二十年目睹之怪现状》，则塑造了一个弃官从商的实业救国"新人"王伯述。晚清时期，弃官从商的现象不在少数。晚清有识之士这样记录这种现象："近来吾乡风气大坏，视读书甚轻，视为商甚重。才华秀美之子弟，率皆出门为商，而读书者寥寥无几，甚且有既游庠序，竟弃儒而就商者。"① 在《二十年目睹之怪现状》中就有一些亦儒亦商的人物，他们在经商之前都是接受了良好教育的知识分子，有的考过进士，有的是官员出身。由于对腐败无能的晚清政府失望透顶，他们虽有救国救民的胸怀与梦想，却还是舍去入仕为官的传统途径，投身于商场，寻求新的契机来启迪民智，强国富民。如王伯述等人的选择，反映了晚清士人在时代刺激下重构人生理想，寻求新的民族救亡途径的不懈努力，也展现出晚清时期民族"新人"的家国情怀和强烈的责任感。

王伯述家"本来是世代书香的人家；他自己出身是一个主事，补缺之后，升了员外郎，又升了郎中，放了山西大同府。为人十分精明强干。到任之后，最喜微服私行，去访问民间疾苦"②，是一个官员出身的"新人"。他性格直爽，在做官期间，由于眼睛高度近视，不但没有认出对面的上级官员，反而当面批评说"坐言则有余，至于起

---

① 刘大鹏著，乔志强标注《退想斋日记》，北京师范大学出版社，2020，第18页。

② 吴趼人：《二十年目睹之怪现状》（上），人民文学出版社，1978，第153页。

行,他非但不足,简直的是不行"①,因而遭到记恨,被"开缺撤任,调省察看"。被撤除了官职后的王伯述索性彻底放弃了仕途,开始经商,从事图书出版和售卖的实业活动。但是,他并不是单纯地想要通过贩书来赚钱,而是希望以此实现自己的救国理想。王伯述痛恨官场的黑暗和官僚的无能,"此刻外国人都是讲究实学的,我们中国却单讲究读书","不幸一旦被他得法做了官,他在衙门里公案上面还是饮酒赋诗,你想地方那里会弄得好?国家那里会强?国家不强,那里对付那些强国"②。王伯述对中国晚清内忧外患的现实深感痛切,反对读书人"两耳不闻窗外事,一心只读圣贤书",认为真正有远见的读书人不仅要钻研学问,更要对国内国际形势具备一定的认识和判断。所以,王伯述主张晚清读书人都应该学习西方的科学技术,扩展眼界,发展实业,才能拯救民族危亡。当时市面上流行各种故事集,各大书商都争相兜售,但是王伯述却坚持只售卖宣扬西学的实用书籍:"市上的书贾,都是胸无点墨的,只知道甚么书销场好,利钱深,却不知什么书是有用的,什么书是无用的;所以我立意贩书,是要选些有用之书去卖。"③王伯述曾经满怀爱国激情地让"九死一生"读读日本人写的《富国策》,希望年轻人能多读一些利国利民的好书,振兴实业,并提出办海防、驻边防的主张。而他本人能做的,则是想方设法推广一些阐释西学的务实的书籍,如《经世文编》《富国策》之类的书。王伯述弃官经商的用意是希望推广西学、启迪民智、传播新知,进而推动社会的进步,实现自己的民族理想。由此可见,晚清士人们在实现救国保种的过程中有更为自由、多元的人生选择。他们既可以官商一体实业救国,也可以弃官从商推广西学,开阔的眼界和格局,使得他们可以从器物的改良层面采取救亡图存的有效措施,实现与前代知

---

① 吴趼人:《二十年目睹之怪现状》(上),人民文学出版社,1978,第153页。

② 吴趼人:《二十年目睹之怪现状》(上),人民文学出版社,1978,第158页。

③ 吴趼人:《二十年目睹之怪现状》(上),人民文学出版社,1978,第161页。

识分子迥然不同的人生价值。

　　然而，在晚清这样一个动荡复杂的社会环境下，经商的历程是非常艰辛的。小说写道："上海地方，为商贾麇集之区，中外杂处，人烟稠密，轮舶往来，百货输转……还有许多骗局、拐局、赌局，一切希奇古怪，梦想不到的事，都在上海出现，于是乎又把六十年前民风淳朴的地方，变了个轻浮险诈的逋逃薮。"① 在这样的时代背景下，胡雪岩、王伯述这样的经商者面临着重重挑战。他们既要面对西方列强带来的战乱危险，又要面对封建官僚内部的互相倾轧，还要面对商业活动中的投机欺骗现象。王伯述就遭遇了李宇轩这样的无赖之徒，而红顶商人胡雪岩也难逃破产的残酷命运。晚清小说中这些有着"官""商"双重身份的爱国实业家的改良和救亡活动，展现出了晚清现代民族意识发展的多种可能。但是，纵使有官员身份和仕途经历的助益，面对晚清社会的泥沙俱下，只专注于器物层面的救亡图存活动注定是失败的，这是历史发展的必然规律。只有从根本上变革政治制度，才是民族走向独立的必由之路。

第三节　制度更新：民族救亡的必然

　　中国在甲午战争中的惨败，宣告了以"中体西用"为指导思想的洋务运动的失败。社会各个阶层都难以接受败于日本的现实，尤其是士子文人阶层，震动颇大。康有为在《上清帝第三书》中指出："窃近者朝鲜之衅，日人内犯，致割地赔饷，此圣清二百余年未有之大辱，天下臣民所发愤痛心者也。然辱国之事小，外国皆启觊觎，则瓜分之患大，割地之事小，边民皆不自保，则瓦解之患大，社稷之危未有若今日者……夫以中国二万里之地，四万万之民，比于日本，过之十倍。而为小夷嫚

---

① 吴趼人：《二十年目睹之怪现状》（上），人民文学出版社，1978，第1页。

侮侵削,若刲羊缚豕,坐受剥割,耻既甚矣,理亦难解。"① 这代表了当时国人的一种普遍心态,此时人们已经切身感受到了国家的危亡,举国上下都意识到了深刻的民族危机。而试图以学习西方先进科学技术为手段,来达到巩固清王朝统治目的的器物层面的改革,由于没有触及根本的封建制度,也未能成功。认识到器物的更新并不能挽救民族危亡之后,晚清"新人"们突破"中体西用"思想的局限,转而开始制度方面的变革。无论是谋求民族独立的爱国官员,还是提倡民主救国的仁人志士,都从国家政治制度层面为争取民族独立做出了重要贡献。

一 谋求民族独立的晚清爱国官员

晚清时期,社会各个阶层的人们都开始关注民族的独立与主权问题,不少爱国官员们也都为民族国家的前途命运而担忧,为谋求民族独立发挥着自己的作用。梁启超曾说:"民族主义者,世界最光明正大公平之主义也。不使他族侵我之自由,我亦毋侵他族之自由。"② 现代民族意识的萌发使得晚清社会各个阶层都以挽救民族危亡为己任,有识之士们更是展开了关于国家存亡和民族兴衰问题的思考,希望能从政治制度的优化改良方面提升国力,推动民族独立。

在甲午战争之前,晚清社会各界对日本普遍采取轻视态度,但是战争开始后,清军的接连溃败,清政府被迫与日本签订丧权辱国的《马关条约》,这些事实使得举国震惊。邻国日本强大的国力刺激晚清一批有识之士们开始反思国家衰弱的缘由,于是创作出许多反映甲午中日战争题材的小说,如《梦平倭奴记》、《台战演义》(原名《台战实记》)、《刘大将军平倭百战百胜图说》、《中东之战》等。黄海海战、平壤战役、旅顺战役、威海卫战役等几次战争是这些小说主要的

---

① 汤志钧编《康有为政论集》(上册),中华书局,1981,第 139~140 页。
② 梁启超:《国家思想变迁异同论》,《梁启超全集》(第一册),北京出版社,1999,第 459 页。

内容，小说家通过对战争故事中历史人物的塑造，赞美了英勇抗战的晚清将领们，展现出晚清封建官僚队伍当中难得的现代民族"新人"形象，体现了强烈的家国情怀和民族情感。例如《中东和战本末纪略》中就塑造了一位为争取民族独立、奋勇抗战的晚清爱国将领左宝贵。左宝贵是一个充满民族情怀的"新人"。在《中东和战本末纪略》中，作者平情客描写左宝贵英勇为国请战的大义之举，言语恳切，左宝贵见其他将领大多推诿不肯领兵，便奏明皇帝，慷慨请行。虽然当时的清政府军务松懈，武器匮乏，将士们战斗意志薄弱，但左宝贵仍然坚持抗战，追求民族独立，并最终战死沙场，以身报国。可见，在晚清封建体系内部，依然有着为挽救民族危亡不懈斗争的爱国将领，希望能通过一己之力为腐朽的政治体制注入新鲜的血液，左宝贵是晚清小说塑造的官僚形象中难得的民族"新人"。

程道一在《中东之战》中也将左宝贵作为赞美的对象，塑造了一位充满民族情怀、具备民族独立意识的"新人"形象。左宝贵这一"新人"的民族意识在平壤之战的时候体现得尤为突出。在平壤战役中，左宝贵率领的队伍浴血拼杀，伤亡惨重之时向统帅叶志超请求支援。而统帅将领畏惧怯懦，只顾自保，不愿支援前线将士，只想将左宝贵打发回营。左宝贵知道后，怒火中烧，于是率领亲兵数人，快马赶来向叶志超叙说战情的紧急："统帅传卑镇回城，大约是不知外面危急之状。且现在的战争，不比从前刀枪时代，而今炮火厉害非常，一经攻打，断非砖土城垣所能抵挡。卑镇虽初次乍败倭人，而军气尚整，本拟趁着倭军进攻，一鼓作气，迎头痛击其前，并出奇兵以攻其后，前后夹攻，自料可打退倭人，断不容其兵临城下。若调回卑镇守城，倭军一进，平壤难保，统帅何失算若此。"① 左宝贵把战事、战况、战术都分析得十分透彻，一心只求一战打胜，维护国家独立和主权完

---

① 程道一：《中东之战》，阿英编《甲午中日战争文学集》，中华书局，1958，第251页。

整。然而叶志超是贪生怕死之徒，根本不把左宝贵的建议放在眼里，更不以国家大局为重，反而说："我意主守，不过老成持重之计，老兄主战，总是老兄有绝大勇力，自料有退敌的本领。士各有志，不便相强，就请老兄自便吧。"① 左宝贵再次苦苦劝说道："统帅是节制各军，卑镇焉敢自由进退。但此次中日开战，欧美各国人士，多来观瞻战策，一经败阵，关系国家不小。卑镇奉命东来，早已誓死对敌，区区寸心，要求统帅原谅。"② 左宝贵其实心中十分清楚，叶志超是忌惮自己，唯恐自己打了胜仗，功高于他，因此不顾国家大局，欲置自己于死地。但是为了实现民族独立，即便没有支援，即便以身殉国，左宝贵依然大义凛然地选择了直面列强的炮火："宝贵食君禄，尽君事，敌兵既到，只有与他死斗一法。惊报紧急，卑镇就此告辞了。"③ 当即飞马回营，督兵还击。然而令人悲愤的是，左宝贵在前线奋勇杀敌，临危不惧，可再勇敢的将领也无法改变晚清朝政的弊端与落后。发放到将士们手中的枪支弹药，因为上层的贪污腐败，大多是哑炮和无用的弹药，在战争的关键时刻，左宝贵和他率领的将士们无法用武器有力地保护自己、歼灭敌人，反而因此丧失了性命，以身殉国。尽管清军的枪械弹药存在问题，但平壤之战乃至整个甲午中日战争的失败，其主因不是败在武器装备不如日军，而是败在像叶志超这样的大批视国家民族利益于不顾，庸碌无能、贪生怕死、苟且偷生，在国家和民族的危急关头还钩心斗角，只顾个人官帽与私利的腐朽官僚身上。这些无能懦弱的将领一味避战自保，拒不出兵支援，导致一再延误战机，军心懈怠。最终清军一败涂地。有这样的将领统率清军，战争的结果可想而知。尽管有如左宝贵一般的英勇之士，为了国家不受外敌欺凌，为了捍卫民族尊严，拼上性命为之一战，但仍然无法扭转晚清政府的颓废与国家的衰落。左宝贵可以称得上

---

① 程道一：《中东之战》，阿英编《甲午中日战争文学集》，中华书局，1958，第 251 页。
② 程道一：《中东之战》，阿英编《甲午中日战争文学集》，中华书局，1958，第 251～252 页。
③ 程道一：《中东之战》，阿英编《甲午中日战争文学集》，中华书局，1958，第 252 页。

是一个民族意识十分强烈的"新人"，他在与西方列强的战争中英勇抵抗，誓死捍卫民族独立和国家主权，并最终为此献出了宝贵的生命。左宝贵的身上体现了鲜明的现代民族主义特点，他率领清军将士英勇地与日军作战，捍卫国家领土和主权完整，他的民族意识与中国古代如杨家将、岳飞等忠君爱国的忠臣良将的民族意识有很大的区别。左宝贵是一个萌发了现代民族意识的爱国"新人"，他抗击日军，以身报国，是为了整个国家和中华民族而战，具有现代国家观念和主权意识。

在现代民族主义思潮占据晚清主流思潮地位之后，许多晚清小说中都出现了如左宝贵一般与西方侵略者斗智斗勇的"新人"官员。《邻女语》中就描写了一位晚清时期的官员沈道台，他是留洋回来的知识分子，足智多谋，与左宝贵一样富有强烈的爱国情怀。小说描述了他面对德军的侵略，临危不惧，凭借自己的聪明才智努力周旋，没用一兵一卒就从德军手中夺回张家口属地的故事。左宝贵、沈道台等"新人"形象，体现了当时的晚清官员之中，其实不乏廉正爱国的进步人士。他们希望通过个人的努力，为腐朽没落的晚清政府注入一丝新鲜血液，推动政治制度的改良，为国家独立民族振兴做出贡献，反映了现代民族主义思想在晚清封建体系内部的觉醒。但是历史的教训告诉我们，不触及封建制度本质，只停留于制度的改良层面的爱国救亡活动，是无法实现民族独立、国家振兴的理想诉求的。晚清萌发了现代民族意识的爱国官员们，他们处于封建制度内部的民族救亡之举，注定只是令人唏嘘的一腔孤勇罢了。

二　民主救国的仁人志士

中国在甲午战争中的失败，进一步暴露了清政府的腐败，许多有识之士意识到，依靠封建体制内部分爱国官员的力量，无法实现民族独立、强国保种的愿望，需要从政治制度层面予以变革。1900 年八国联军侵华，慈禧太后携光绪帝逃离北京，不久清政府被迫与列强签订了丧权辱国的《辛丑条约》，举国哗然，国家面临崩溃的边缘。在这种民族危机和动荡的社会环境下，受到现代民族主义思想影响的爱国志士们提出了捍卫国家主权完整、建立独立的民族国家、提倡民主自由平等的政治观念，希望能从政治制度层面予以变革。譬如《狮子吼》中的革命志士狄必攘，投身于民族救亡事业，组织社团、参与起义，舍生忘死，为改变现有的封建落后制度付出了巨大努力。较之封建体系内部爱国官员的救亡改良活动，倡导民主自由的晚清仁人志士们在追求民族独立的道路上更进了一步。

陈天华在《狮子吼》中还塑造了文明种这样一个提倡现代民族主义的"新人"形象。在小说第三回中，民权村学校教习文明种向学生表达"民族主义"的相关思想："不论做君的，做官的，做百姓的，都要时时刻刻以替国家出力为心，不可仅顾一己。倘若做皇帝的，做官府的，实实于国家不利，做百姓的，即要行那国民的权利，把那皇帝、官府杀了，另建一个好好的政府，这才算行了国民的责任。"① 文明种的这番话已经体现出明显的反封建色彩，具有民主主义的因素。文明种接着又阐述了自己理想的政治形态："照卢骚的《民约论》讲起来，原是先有了人民，渐渐合并起来，遂成了国家。比如一个公司，有股东，有总办，有司事；总办、司事，都要尽心为股东出力。司事有不是处，总办应当治他的罪；总办有亏负公司的事情，做司事的应告知股东，另换一个。倘与总办通同作弊，各股东有纠正总办司事的权力。如股东也听他们胡为，是放弃了股东的责任，即失了做股东的资格。君与臣民的原由，即是如此。"② 以公司的运行形式来举例，阐释理想的国家民主制度，从深层次的制度层面来反思国家危亡，追求民族独立，体现了鲜明的现代民族主义思想。

---

① 陈天华：《狮子吼》，章培恒主编《中国近代小说大系：仇史·狮子吼·如此京华》，百花洲文艺出版社，1991，第62页。
② 陈天华：《狮子吼》，章培恒主编《中国近代小说大系：仇史·狮子吼·如此京华》，百花洲文艺出版社，1991，第62~63页。

　　轩辕正裔所著的《瓜分惨祸预言记》也记叙了庚子事变爆发后，一群仁人志士感念国家民族兴亡，实施的救亡图存的改革活动。小说通过人物演讲的方式，叙述了庚子国难中帝国主义列强侵略中国、瓜分我国土的事实，抨击封建统治阶级的腐败无能，并希冀能激发国人的爱国情怀和进行国民的救亡图存行动。"若有人得了此书，照着原意编为章回体小说，使我们人人读之易晓，便由此书能知吾人身上一点血、一根毛，连那吾人宗祖父母的一点血、一根毛，都是这国养的，不可不爱；又知那无国之民，必被人斥逐，无处栖身，不可不惧；并知国家本人民之公产，人民乃国土之主人，便能发出宁舍此身以存吾国的思想。那中国非但不至瓜分，直可雄甲地球。只可怕是读此书的，不能将此书中可丑可惧可惨之事作为鉴戒；将那可喜可慰可望之事，极力研究；那我的预言恐怕都一一应验了，岂不可痛？所以甚望有人得我此书，编成小说，以醒国魂。"① 作品中塑造的"新人"们都坚决反对帝国主义和封建专制制度的压迫，呼吁实行立法、行政、司法三权分立的民主制度，具有鲜明的改革封建制度的思想和现代民族意识。

　　《瓜分惨祸预言记》中的民族"新人"曾子兴，是一个满怀民族情怀的时代"新人"。面对国家和民族危机，他振臂高呼，试图唤醒国民救亡图存之心，挽救民族危亡。在商州县，曾子兴在自立学校进行演讲，鼓励人们集合起来与西方列强进行武力斗争，捍卫民族独立。在曾子兴的带领下，商州建立了义勇队，扩充军事实力，发展民主自治："兄弟今日得到警信，说是各国已经议定瓜分中国……可怜我堂堂大国，将被诸强豗割以尽。诸君试思，人有玩好之物，一旦见夺于人，尚且不甘，况且如今我们的中国，自四千年以来，就是我们祖宗所借以托身安命长养子孙的地址，世世相传，流到我辈……若是被那

---

　　① 中国男儿轩辕正裔：《瓜分惨祸预言记》，董文成等编《中国近代珍稀本小说》（第十七册），春风文艺出版社，1997，第558页。

外洋白种人得了，他便四处设立警察（即巡查兵），日夜逡巡，监察我们，不许我们聚集谈话。你们想想，不得聚集众人，尚能恢复得国吗？况且更于一切要害之处，屯驻精兵，将我地方建筑铁道，四通八达。不论何方有事，他几分钟之间，便可集兵盈万，那里与我民有个下手恢复的地方呢？那时，估量我们已是无从反抗，更用灭种的手段，将我们全种灭了，好将土地把他们国里人，滋育蕃息，快活受用……看来，如今我们总不能逃一死字了。但是与其等他们来屠杀残暴而死，何如于今赶紧预备，集合我们大众，与那来收我土地的极力一战。战而不胜，亦唯死耳，倒还为我祖宗传下的地方留个名誉，给人家说此处人民是有志气的。况且我们如果个个同心，前死后继，也未必定是不能保住地方的。若能够势力日雄，或且建立不世的功业来，那我们的英名，岂不传到五洲万国去么？即使失败而死，亦死得轰轰烈烈了。"[1] 面对因循守旧、不思进取的商州知县石守古，曾子兴感到十分愤怒，怒斥石守古不谋其政，毫无民族观念："你守着旧学古义，不知国家是民众的产业，只知说要忠君。难道不读《左传》说那君也是要忠于民的么？而今为君的听着外人来取土地，他却压制我民，不许各出心力、才智，以保境土，这也算是忠么？……我们中国人民之众，物产之饶，天下第一，而且人民是极慧的。若不是你这等狗官唯知摧残士气，闭塞民智，不许他有权干预国事，以致他们看着国家祸福，与己无干，由着他败坏下去，今日何至将我们祖宗四千年传下的安身托命之基业，分属他人？"[2] 随后，知县石守古以"倡乱"罪名将曾子兴拿办。受到曾子兴现代民族主义思想教化的民众们推翻了商州的政府，救出曾子兴，"行仿那世界通行的政治，分着立法、行法、司法三部，立法权归民人，由全乡人民公举的议士操之；行法权须经学过

---

① 中国男儿轩辕正裔：《瓜分惨祸预言记》，董文成等编《中国近代珍稀本小说》（第十七册），春风文艺出版社，1997，第432页。

② 中国男儿轩辕正裔：《瓜分惨祸预言记》，董文成等编《中国近代珍稀本小说》（第十七册），春风文艺出版社，1997，第451页。

专门者掌之；司法部是监察行法的，只举公正之人当之"①。将商州建设成一个民主独立的理想社会。由此可见，"新人"曾子兴的救国改革方案，除了动员广大国民团结起来英勇斗争之外，还倡导国民的基本权利，主张实行民主政体，这就将民主革命同救亡图存联系在一起了，体现出人物颇为先进的现代民族主义思想。

小说中还有另一位胸怀民族前途命运的义士华永年。他也从捍卫国家主权民族独立的角度出发，提出了民主救国的进步思想："洋人原道我们中国人是极愚的，不知民人应有权办事，不知地方原是百姓产业，应由百姓自治，却甘受官吏的压制，地方所有有益之事都不能兴办"②，主张璇潭乡通过"地方自治"促进文明现代化发展。他提出设置议事厅、警察署、卫生部、教育部等诸多部门，兴办学堂，整顿兵丁，清扫道路，加强巡警，定期举行乡民大会议事，促进民族凝聚力。在他的推动下，他所在的地方"自治规模粲然可观……有议事厅，有乡官办事公所，有乡兵军械所，有农牧试验场，有警察署，有图书楼，有学堂，有卫生局。道路清洁，屋舍整齐，人民武健，妇孺雍容。又见列有通乡办理公事出入清单，及所有乡事公议布告之文，都是有益全乡人智慧身体财利之事……真是果有一段文明气象"③。与曾子兴一样，华永年也是一位主张通过政治制度的改革来实现民族独立国家富强的民族"新人"。

曾子兴、华永年这些追求强国保种，维护民族独立和尊严的爱国志士，在国家民族的危难时刻，始终坚持反抗帝国主义的侵略，反对封建统治阶级的腐朽制度。一方面他们高度弘扬英勇斗争、一心为国

---

① 中国男儿轩辕正裔：《瓜分惨祸预言记》，董文成等编《中国近代珍稀本小说》（第十七册），春风文艺出版社，1997，第458页。

② 中国男儿轩辕正裔：《瓜分惨祸预言记》，董文成等编《中国近代珍稀本小说》（第十七册），春风文艺出版社，1997，第440页。

③ 中国男儿轩辕正裔：《瓜分惨祸预言记》，董文成等编《中国近代珍稀本小说》（第十七册），春风文艺出版社，1997，第445页。

的民族精神，另一方面也对晚清时期那些腐朽麻木、卖国投敌的腐败分子进行激烈的抨击。曾子兴、华永年这些爱国奋进的“新人”之所以情绪激昂，在演说时言辞激烈，大多也是由于对腐败无能、卖国求荣的清朝统治者失望透顶，抑或是对当时部分麻木不仁、自私自利的国人“哀其不幸，怒其不争”。面对这种民族劣根性，许多晚清爱国志士都深感痛心。譬如晚清杰出的爱国志士陈天华，他的《警世钟》就非常直接地点明了这一点。另一位民主革命家秋瑾同样对卑躬屈膝、不图自强的晚清政府深恶痛绝，她在《光复军起义檄稿》一文中说道：“夫汉族沉沦二百有余年，婢膝奴颜，胁肩他人之宇下，有土地而自不知守，有财赋而自不知用，戴丑夷以为主，而自奴之。彼固倘来之物，初何爱于我辈？所何堪者，我父老子弟耳。生于斯，居于斯，聚族而安处，一旦者瓜分实见，彼即退处藩服之列，固犹胜始起游牧之族，奈何我父老子弟乃听之而不问也？”① 《瓜分惨祸预言记》中的民族“新人”们，以更加深刻的现代民族意识为基础，探索了国家制度层面的改革，不仅表达了民族危亡时期仁人志士反对帝国主义侵略、反抗封建压迫、渴求救亡图存的爱国志向，同时也展现了他们追求民主自由、批判国民劣根性的现代民族意识的深化。在他们的认识中，中国晚清之所以国弱势微、百姓愚昧，与腐朽没落的封建专制统治有着莫大的关系，而要想真正实现国强民富、民族复兴，民主自由是一条明智光明之路，这是晚清“新人”民族思想意识进一步深化发展的重要体现。

综观本章谈到的这些晚清小说作品，在讨论晚清“新人”的民族性特征上，谋求民族经济的发展与国家富强，反抗外来民族侵略，拯救本国民族危亡，发展民主制度等这些主题内容，占据了突出的位置。中国晚清，外有帝国主义侵略，内有封建统治阶级压迫，广大国民生活在枪林弹雨的水深火热之中。对于中国的知识分子来说，如何扭转国家在战

---

① 《秋瑾集》，上海古籍出版社，1979，第21页。

场上节节溃败的局面，改变任人欺凌饱受侵略的现实，是他们着力思考和创作的方向。在民族和国家生死存亡的危急关头，大量带有救国救民思想的小说作品，以及具有现代民族意识的"新人"形象，适应时代需求和现代民族主义思潮的发展被陆续创作出来，体现出鲜明的时代特点，也展现出强烈的爱国情怀与民族意识。晚清小说中的民族"新人"们，虽然处于不同的社会阶层，却以丰富多元的方式为拯救民族国家贡献着自己的力量，"新人"形象的民族性特征，通过不同的形式从多个层面展现了出来。从学习西方先进的科学技术、发展近代实业的器物层面的更新，到英勇反抗帝国主义侵略、批判封建专制制度、宣扬自由民主的制度层面的改革，展现了"新人"民族意识逐渐深化的过程。

第四章

“诗”与远方：理想“新民”的
现代乌托邦

在中国古代文学传统中，一直存在着乌托邦文学的影子，即对理想世界的大胆想象。例如在《山海经》中，就描绘了超过一百个的"绝域之国"。汉末魏晋年间神仙方士假托"东方朔"之名所编撰的《海内十洲记》，则描述了想象中的十座仙洲和五座仙山的神仙境界，内容和《山海经》颇为相似。而最具盛名、影响最大的古代乌托邦文学作品，就是魏晋时期陶渊明所作的《桃花源记》了，因为该篇中广为流传的"世外桃源"被视作理想家园的代名词。"世外桃源"作为中国传统文学中对于乌托邦世界的经典描绘，表现了传统知识分子对现实社会的不满。他们通过描写想象的乌托邦世界，表达自己对理想社会、精神家园、完美人格的追求。晚清时期，鸦片战争爆发，中国的大门被西方列强用武力推开，中国遭受领土主权和自然经济方面的重创，同时也带来了西方文化对传统文化的强烈冲击。西方国家的乌托邦思想传入中国，影响了广大晚清知识分子对理想世界的想象。他们由传统的仙乡世界转而开始想象现代乌托邦社会，无论是对理想的社会制度的憧憬，还是对现代科技的大胆想象，都体现了晚清具有理想主义情怀的"新民"们关于民族国家未来发展前景的美好展望。

第一节　晚清"乌托邦"小说的兴起

"乌托邦"一词出自 1516 年英国空想社会主义的创始人托马斯·莫尔的名著《乌托邦》（全名《关于最完美的国家制度和乌托邦新岛的既有益又有趣的金书》），该书详细描述了航海家拉斐尔·希斯拉德航行到"乌托邦"时的见闻，"乌托邦"被定义为是"乌有之乡""不存在的地方"。德国知名社会学家卡尔·曼海姆在其著作《意识形态与

乌托邦》中对"乌托邦"进行了新的阐释。他将有单纯的空想主义
"乌托邦"的概念提升到了哲学高度，认为意识形态与乌托邦都是超
越现实存在的两种基本类型。但不同的是，意识形态与现实社会统治
阶层的掌控思维相关，而乌托邦则是历史意识的体现和全社会共同理
想的展示。界定是否属于"乌托邦"，关键取决于掌握秩序的统治阶
层主流的思想与观念："那些把自己的思想和感情与他们在其中有明
确地位的现存秩序紧密联系起来的人，总是明显倾向于把那些仅仅在
他们自己生活的秩序框架中显示出不可实现的所有思想称作绝对的乌
托邦。"① 由此可见，在曼海姆看来乌托邦所蕴含的"不可实现"的属
性只是表现得与当前社会秩序格格不入，并不是"乌托邦"本身这种
"幻想"无法实现，换言之，"乌托邦"只是从当时的社会主流思想角
度看来是一种空想，但并不能否认其理想主义的特征，而这正是本书
分析探究晚清乌托邦系列小说的着力点。

　　乌托邦在古希腊文中表示的是"空想的国家"，后被严复翻译成
"乌托邦"，并引入中国。"乌托邦"一词进入中国有两个途径，一是
经由严复翻译引入中国，一是由戴镏龄所译。"乌托邦"在中国首次
出现，是在严复翻译的《天演论》中，后来，严复在其翻译的《原
富》中，再次使用了他首创的"乌托邦"汉译新词。《原富》一书的
第二篇："以吾英今日之民智国俗，望其一日商政之大通，去障塞，
捐烦苛，俾民自由而远近若一，此其虚愿殆无异于望吾国之为乌托
邦。"接着严复对这段话进行了注释："乌托邦，说部名。明正德十年英
相摩而妥玛所著，以寓言民主之制，那治之隆。乌托邦，岛国名，犹言
无此国矣。故后人言有甚高之论，而不可施行，难以企至者，皆曰此乌
托邦制也。"严复对于"乌托邦"一词的翻译，以及对"乌托邦"含义
的中国本土化延伸，使晚清的"乌托邦"一词既包含了空想的属性，强

---

　　① 〔德〕卡尔·曼海姆：《意识形态与乌托邦》，黎鸣、李书崇译，商务印书馆，2009，第
201页。

调了它的"不可施行，难以企至"，又展现了晚清知识分子关于民主制度和理想社会的美好幻想。而真正让"乌托邦"能够在坊间广为流传并作为"空想的国度"的代名词被大众熟知，则有赖于戴镏龄对《乌托邦》一书的翻译。在译本中戴镏龄简明扼要地定义了何为"乌托邦"："'乌托邦'（Utopia）这个词本身就是据古希腊语虚造出来的，六个字母中有四个元音，读起来很响，指的却是'无何有之乡'，不存在于客观世界。"① 明确了"乌托邦"的空想性。

憧憬和向往美好的、理想的未来社会极大地推动了人类文明历史进程，回溯悠久的人类文明发展史，乌托邦从未缺席。安德森就曾提出，现代国家不是先有人民和政府，而是先有想象。新兴民族国家的诞生历程都存在一个想象阶段，而这个阶段是依托小说和报纸等印刷品实现公开化并构建想象共同体的阶段。在资本主义发展的过程中，印刷技术和语言在传播过程中表现为不同的形态，如报纸、小说、博物馆、地图等。"印刷资本主义赋予了语言一种新的固定性，这种固定性在经过长时间之后，为语言塑造出对'主观的民族理念'而言是极为关键的古老形象。"② 想象民族国家的方式凭借诸如文学作品、报纸等媒介来完成。人们通过共同的想象而产生一种抽象的共时性，有了这些共时性的抽象的想象，才形成了民族国家的基础。这个观点对于身处社会变革时代和西学东渐浪潮中的晚清小说相当适用。晚清知识分子的政治热情和爱国情怀，使得他们通过小说这一媒介，在作品中尽情地展开了对现代民族国家和现代文明的想象。受到西方政治体制、科学技术和相对先进的社会形态的刺激，晚清时期部分知识分子立足现实国情，吸纳西方国家乌托邦小说的创作经验，抓住"小说界革命"的时代契机，创作出了一大批乌托邦新小说。

---

① 〔英〕托马斯·莫尔：《乌托邦》，戴镏龄译，商务印书馆，2009，第3页。
② 〔美〕本尼迪克特·安德森：《想象的共同体——民族主义的起源与散布》，吴叡人译，上海人民出版社，2011，第42页。

对晚清社会形态的不满推动知识分子进行自我反省并主动实施改革，由此展开了对未来理想社会的大胆设想。事实上，晚清乌托邦小说作家无法精准判定，那些在当时社会被认为是"乌托邦"的未来理想，是否真的从未出现过且以后也不可能实现。理想与空想的本质区别在于，空想是一种缺乏基础、毫无依据、虚假空洞的人类臆想，理想则指的是人类对未来社会美好愿景的憧憬。美好与乌有、理想与空想的相互博弈和联系，使得"乌托邦"概念内涵的张力大幅提升。乌托邦小说关注的核心往往不在于人类个体，更多的是展现对国家、民族、全人类的密切关注和深邃思考，其关注点并非局限于个体的内心空间，而是叙述"大我"的宏大事务。乌托邦小说作为典型的叙述体文学，其叙事主要是基于惊人的想象，运用别具一格的虚构手法为人们描绘想象的理想社会，展现人类对于未来的美好憧憬，探讨实现的可能性。故而，晚清乌托邦小说也从一定层面上反映了当时知识分子对未来社会和政治环境的美好想象，体现出了晚清社会各阶层对理想世界的集体诉求。晚清乌托邦小说不仅数量庞大，形成兴盛的局面，甚至可以说，晚清新小说的发展就是由乌托邦小说拉开序幕的。综观数目众多的晚清乌托邦小说，有以"新"命名的小说，例如《新中国未来记》《新年梦》《新中国》《新纪元》，还有以"未来"命名或以此寓意的小说，如《未来世界》《未来教育史》《乌托邦游记》《痴人说梦记》《月球殖民地小说》等，都将未来理想的政治环境和社会形态作为叙事对象。在叙述方式上，大多采用幻想的手法，凝聚了浓厚的理想主义，蕴含着强烈的家国情怀。

晚清乌托邦小说主要从两个方面展开关于未来理想社会的丰富的想象，一方面是描述理想的未来国家政治体制、社会改良措施，呈现出一幅和平进步的现代社会图景；另一方面则是通过大胆的科技想象，描述先进而现代的未来社会，使小说极具时代精英文化色彩。晚清乌托邦小说中塑造的具有理想主义情怀、提出大胆的政治改革和科技创新的"新人"，他们的乌托邦思想及大胆的想象，在晚清小说"新人"
形象中颇具代表性。由此，笔者不禁思考，在中国小说向现代转型的
初期，为什么会产生晚清乌托邦小说繁荣的局面，且创作的重点主要
集中在对理想政治制度的追求和对先进科技社会的想象这两方面呢？
笔者以为，首先，是由于乌托邦小说与政治具有密不可分的联系，同
时符合晚清知识分子提出的将小说作为政治改革的工具的思想观念。
"乌托邦"一词传入中国之后，使用范围逐渐扩展，成为晚清知识分
子想象和憧憬的理想国度的代名词。这种对理想社会的呼唤通过小说
得到展现，因而产生了大量的乌托邦小说。也就是说，因为不满足于
现存的社会制度，晚清知识分子选择了用乌托邦小说的形式来构想和
描绘理想中的社会样貌。其次，乌托邦小说对待"个人"和"群体"
的态度与晚清社会文化语境中宣扬的"群"的话语和"国民"观念恰
好相符。曼海姆在《意识形态与乌托邦》中指出："一种有效的乌托
邦从长期来说不可能是个人的成果，因为个人依靠自己的力量不可能
打破历史—社会的环境。只有当个人的乌托邦观念抓住了已存在于社
会的潮流并且表达了它们的愿望，只有当它以这种形式又转而成为整
个群体的观点，并被其转变为行动时，现存秩序才受到争取另一种存
在秩序的挑战。的确，人们可以进一步说，现代历史的一个本质特征
是，在把集体行动逐渐组织起来的过程中，只有当社会阶级的意愿体
现在适合于变化着的形势的乌托邦观念中时，这些阶级才能有效地改
变历史现实。"[1] 乌托邦思想家一般从全局、群体的角度来看待人类，
考虑整个社会的发展。西方乌托邦小说《回顾：公元 2000—1887 年》
中有这样一段十分著名的论述："走在前面的利特医生听到了我们的
一些谈话，转过身来说，他认为个人主义时代和集体协作时代之间的
显著区别就是，在十九世纪波士顿人遇到下雨天，在三十万人的头上

---

[1] 〔德〕卡尔·曼海姆：《意识形态与乌托邦》，黎鸣、李书崇译，商务印书馆，2009，第
212 页。

撑起了三十万把雨伞。而在二十世纪，他们只张开一把雨伞，就可以使大家不致淋雨。"① 在现代乌托邦的理想社会中，解决衣食住行的问题都是从群体团结友爱的角度而不是从"个人"的角度出发的。在乌托邦思想家看来，从"个人"的角度出发来寻求生活问题的解决，结果只会造成大多数人陷于贫困和被压迫剥削的境地。只有国家成为唯一的资本家和管理者，人奴役人的剥削关系才不再存在于这个世界上，那么也才可以实现自由、平等、博爱的理想境界，这一切都建立在个人利益与整体利益和谐发展的基础上。"具有个人独特的'超凡魅力'的个体所取得的成就中的新东西，只能以后被运用于集体生活，因为从一开始它就与某些当时重要的问题相关，而且从一开始它的意义就产生于集体的目的。"② 改良"群治"和"新民"，作为一种集体性诉求，在晚清时期具有鲜明的时代意义，它在乌托邦小说中被描绘成一幅最符合当时人们渴望看到的图景。乌托邦思想中关于"个人"和"群体"的观点与晚清思想界提出的"国民"和"群"的观念完全相合，因而晚清乌托邦小说作为知识分子传达个人思想理念，表达政治理想的工具，被进行了大量创作。最后，晚清民众感受到西方科学技术上的威力的同时，深感本国技术水平的落后，许多晚清有识之士纷纷倡导学习西方先进的科学技术，对先进文明的现代科技社会产生了深深的向往。故而，在晚清乌托邦小说中形成了大量的科技创新内容，在充满科幻色彩的乌托邦叙事中彰显对现代科技社会的大胆想象。乌托邦小说有助于解放思想，促进人们去追求更加理想的世界。晚清知识分子在小说中构造的理想"新民"的现代乌托邦，正是试图通过引领广大国民的想象力，营造出理想的乌托邦世界，在集体道德中注入新的思想，使人们根据群体的愿望和目标进行改革，从而推动社会向

---

① 〔美〕爱德华·贝拉米：《回顾：公元 2000—1887 年》，林天斗、张自谋译，商务印书馆，2009，第 114 页。
② 〔德〕卡尔·曼海姆：《意识形态与乌托邦》，黎鸣、李书崇译，商务印书馆，2009，第 211 页。

着集体指向的方向前进。

晚清知识分子通过奇特丰富的想象在小说中塑造了一个美好的理想的新中国，通过对政治、经济、文化、军事、国民素养等的积极设想，在作品中融入了自己的政治理想和社会愿景，形成了一种寓言式的写作模式，对现代中国文学发展尤其是有关民族国家想象的小说创作影响深远。例如作家老舍在20世纪30年代发表的小说《猫城记》，就是一部将"寓言"、"幻想"与"现实"融为一体的作品，在某种程度上被认为是晚清这种"寓言式"小说创作模式的延续。同《乌托邦游记》《新石头记》一样，《猫城记》在写作上使用了幻想寓言的创作模式，表达了作者对现实的强烈不满和尖锐的批判。老舍在批判与讽刺现实的同时，也表现出了自己的乌托邦理想，期盼能早日达到一个理想社会："假如有好的领袖，他们必定是最和平，最守法的公民。我睡不着了。心中起了许多许多色彩鲜明的图画：猫城改建了，成了一座花园似的城市，音乐，雕刻，读书声，花，鸟，秩序，清洁，美丽……"①由此可见，老舍在叙述猫国陈腐破旧的同时，也隐喻了重建美好社会的可能性，表现出了乌托邦想象的意识。徐訏的《荒谬的英法海峡》也同样使用了这样的写作模式，他在作品中传达了自己对理想社会的大胆想象，类似于《新石头记》中描写的"文明境界"，小说描述了在战火纷飞的年代一个存在于海外孤岛上的"世界以外的世界"。这样一个世外世界，展现了徐訏对于理想国家的狂想。《荒谬的英法海峡》和《猫城记》中的主人公，都继承了晚清乌托邦小说中的"新人"形象，出场时都是一个"游历者"，然后因缘际会进入乌托邦世界。尽管这些现代文学家创作这类作品的年代不同，但都不同程度地延续了晚清乌托邦小说的写作模式，即在批判现实社会的同时对未来理想社会展开大胆的想象。因此，晚清乌托邦小说所构建的写作模式

---

① 《老舍文集》（第七卷），人民文学出版社，1984，第368页。

和"新人"形象，虽然游离于主流文学之外，也缺乏个性鲜明的人物形象，但是对现代小说的发展起到了不可忽视的积极作用，给中国现代小说在讽喻现实的同时提供了另一种超越性的思路，丰富了现代小说的思想意蕴。中国现代作家受到晚清乌托邦小说创作的影响，展开了对于未来国家建设发展的大胆想象。晚清小说中这些具有乌托邦色彩的"新人"形象，是中国传统文学转变到中国现代文学的一项重要特征，对现代和当代小说尤其是乌托邦小说的创作具有十分重要的借鉴意义。

第二节　理想国民的现代乌托邦

陈大康基于数理统计分析发现，甲午中日战争以后，无论是小说创作的数量还是翻译的数量，增长速度都明显地加快，而从光绪二十九年起这一增长趋势更是出现了飞跃式的突变，这与梁启超所推动的"小说界革命"具有非常直接的关系。① 因此，我们可以看出，近代小说之所以能够兴起并得到充分发展，和国家命运未定、中华民族危机重重的现实有密切关系。因此，在晚清时期中国人民更加关注政治机制，整个文化领域都将焦点放在了政治变革上，小说成了动荡时期推动政治变革的利器。小说家心系国家安危和民族兴亡，怀揣国强民富的美好幻想，并将这样的美好蓝图用小说的形式展现给世人。于是，晚清时期小说几乎成了政治文化的组成部分或一种外在表现形式，这一历史阶段的许多小说，主题思想与国家政治、社会文化领域的思想观念是相协调统一的。"群治"的改良和"新民"思潮的兴起在影响社会发展的同时，也对小说创作起到了比较深远的影响。因此，

---

① 陈大康：《近代小说及其研究的数理描述》，《华东师范大学学报（哲学社会科学版）》2002 年第 4 期。

在晚清具有乌托邦色彩的小说作品中，书写理想的政治蓝图的作品不在少数，也出现了一批追求民主政治乌托邦理想的"新人"形象。

对未来理想国家和民主政治的幻想，激发起广大国民的民族意识和爱国心理，这也是大部分晚清启蒙者的心理，小说无疑成为他们表达未来理想的最重要也最直接的方式。以梁启超为代表的晚清知识分子，通过小说的形式展示了对现代国家社会形态的美好想象。晚清乌托邦小说蕴含着非常重要的现代民主制度理念，直接反映了中国文学由传统迈向现代化的历程。在晚清小说中，比较典型地描绘理想"新中国"的乌托邦小说，有1902年梁启超发表的《新中国未来记》。小说通过未来与现实的对比，批判了传统观念的弊端，向人们传达了其建设现代国家，复兴中华民族的渴望与幻想，表达了当时知识分子热衷幻想现代理想国家的心理诉求，促成了盛极一时的晚清乌托邦叙事热潮，对近代中国影响深远。在《新中国未来记》中，未来的国家主人公是一群有公德，有强烈的政治参与意识、忧患意识，锐意创新、积极进取的理想国民。从《新中国未来记》中的黄克强、李去病开始，随后紧接着出现了《痴人说梦记》中的改革志士贾希仙、《新中国》中的咏棠等"新人"形象，这些理想国民形象都有基本相似的性格和特质。这些人物的所思所行，就是当时知识分子所追求的现代乌托邦社会的直观反映。与此相关的自由民主、公正平等、国民权利等现代观念，通过小说的阐释，引发读者的共鸣，被广大读者所接受。小说塑造的这些现代乌托邦社会中的"新人"们，脚踏实地、勤奋上进、忧国忧民，是以国家集体利益为重、追求国民现代权利的理想国民。这些"新人"关于理想的政治制度和现代社会的乌托邦想象，关于一个独立富强、公正民主的"新中国"的想象，使得晚清乌托邦小说的内涵更加丰富了。

一 理想现代社会的奠基者

梁启超1902年11月在横滨创办了《新小说》，在他发表的文章

晚清小说"新人"形象研究

《论小说与群治之关系》中，旗帜鲜明地发出"今日欲改良群治，必自小说界革命始；欲新民，必自新小说始"①的号召，而为了达到"新民"的目的，梁启超创作《新中国未来记》。梁启超通过塑造怀有乌托邦思想的"新民"，借小说人物之口传达自己的政治主张和政治抱负。在绪言中他说明了写作的主要目的："顾确信此类之书，于中国前途，大有裨助，夙夜志此不衰。"又"兹编之作，专欲发表区区政见，以就正于爱国达识之君子"②。《新中国未来记》虽被认定为政治小说，但从严格意义上来说，其体裁正如梁启超所说："似说部非说部，似稗史非稗史，似论著非论著，不知成何种文体，自顾良自失笑。""既欲发表政见，商榷国计，则其体自不能不与寻常说部稍殊。"③ 这样看来梁启超创作此小说的目的主要是要表达自己的政治主张，展现自己心目中的理想国民形象，小说的主题思想与梁启超这一阶段的政治思想是完全一致的。

　　《新中国未来记》运用想象的方式讲述了未来六十年的中国盛况。正值"大中华民主国"庆祝维新运动五十周年之际，诸友邦皆派兵舰前来庆贺。小说回顾道，"大中华民主国"的构想和建立离不开两个人物：一位是留学英德的黄克强，名为"黄种人克西方列强而胜出之意也"，接受的是国家主义思想，不支持暴力革命，主张进行渐进式的社会改良；一位是留学英法的李去病，对边沁、卢梭主张的民约论比较认同，提出国家的政治管理权利应该为人民所有，人民应该通过暴力手段推翻君主专制制度，废除君主的绝对权力。两位"新人"都心怀"古今万国革新的事业"，他们围绕政治改革的道路，讨论了国民权利义务、国家主义、民族主义、君主立宪、民主与专制等问题。黄克强和李去病两位乌托邦"新人"是吸收了西方现代文明、胸怀家

---

① 梁启超：《论小说与群治之关系》，《梁启超全集》（第二册），北京出版社，1999，第886页。
② 梁启超：《新中国未来记》，广西师范大学出版社，2008，第3页。
③ 梁启超：《新中国未来记》，广西师范大学出版社，2008，第4页。

国天下的理想主义者，是作者通过想象塑造的未来中国的主人翁和管理者，他们的职责不仅在于建立国家的政治基础，更是要建构整个民族和社会的道德准则。小说通过叙述李去病和黄克强两位"新人"的辩论与博弈，以不同的视角展现了两位"新人"对未来理想国家的美好设想。

在小说中，李去病和黄克强持有不同的政见，李去病倡导共和思想，黄克强则主张立宪制度，两人围绕究竟应该施行何种政体进行了反复激烈的辩论，表达了对自己心目中理想的政治体制的大胆设想。主张渐进式改良观念的"新人"黄克强，其乌托邦思想主要体现为他希望通过稳健的改良推动国家的现代化革命："若可以不干碍到朝廷，便能达到国民所望的目的，岂不更是国家之福么？……我总是爱那平和的自由，爱那秩序的平等，你这些激烈的议论，我听来总是替一国人担惊受怕，不能一味赞成的哩。"① 他向李去病解释自己的改良主张："我们当着这艰难重大的时局，总不是一味着激昂慷慨便可以救得转来。兄弟，我想往后革命军若起，断不能一鼓便成功的，断不能全国只有一处革命军的，若是各处纷纷并起时，现在政府的势力虽属薄弱，《左传》说得好，'牛虽瘠，偾于豚上，其畏不死'，恐怕他也不是容易便扯起那一片降幡的。兄弟，不看意大利、匈加利的故事吗？他们经过多少次磨折才能做成呢？……何况今日中国有事，不是和一国政府做敌手，还是和许多国政府做敌手，这艰难比他们自然更过数倍了。万一扰乱一起，政府不能平定，转请各国代剿；或者外国不等政府照会，便径行代剿起来，这都是意中事哩。到那时候，这瓜分便认真实行了，却不是救国志士倒变成了亡国罪魁么？况且不单如此，就是各省纷纷并起，那各省人的感情的利益总是不能一致的，少不免自己争竞起来，这越发鹬蚌相持，渔人获利，外国乘势诱胁，那瓜分

---

① 梁启超：《新中国未来记》，广西师范大学出版社，2008，第45~46页。

政策更是行所无事。英国灭印度不是就用着这个法儿吗？兄弟，我们还要计出万全，免叫反对党引为口实才好。"① 由此可见，黄克强对政治改革的看法是比较稳重保守的，他反对暴力革命，希望通过和平改良的方式来实现国家的民主富强。他借用西方国家过多的政府干预作为对比，提出在中国其实并不存在较多的政府干预。他说道："若能有一位圣主，几个名臣，有着这权，大行干涉政策，风行雷厉，把这民间事业整顿得件件整齐，桩桩发达，这岂不是事倍功半吗？过了十年、廿年，民智既开，民力既充，还怕不变成个多数政治吗？成了多数政治，还怕甚么外种人喧宾夺主？我说的平和的自由、秩序的平等，就是这么着……"② 可见，黄克强所希冀的政治改革是通过平等自由的稳健方式，进行逐步的改良，推动国家的民主进程，展现了对晚清时期理想国家的现代想象。黄克强的政治主张，在如今的我们看来，无疑是充满乌托邦理想色彩的。

此外，黄克强还强调国民教育的重要性，尤其重视国民人格的培养。在小说的第三回，黄克强指出："只有养成人格一件是最难不过的。"③ 黄克强构建理想国家，聚焦宪政、彰显革命、抨击传统、宣扬进化，重视国民教育的重要性，突出"新民"人格的巨大能量，这些思想对于当时的中国晚清亦具有启迪作用。针对晚清国民的素质和道德品格，梁启超多次在自己的作品中提及中国与欧美等帝国主义之间的巨大差距，例如《新民说·释新民之义》《论中国国民之品格》等。梁启超认为晚清当时的社会现状，注定了学习西方国家的共和制度是行不通的，要想成功实现政体变革，就必须进行理想国民的改造。黄克强这一人物，体现了梁启超当时的政治思想，是一个理想的乌托邦社会的开创者。

与黄克强的政治主张相反，李去病将自己对现代乌托邦社会的想

---

① 梁启超：《新中国未来记》，广西师范大学出版社，2008，第67~68页。

② 梁启超：《新中国未来记》，广西师范大学出版社，2008，第51~52页。

③ 梁启超：《新中国未来记》，广西师范大学出版社，2008，第61页。

象寄寓在激烈的革命手段之中。在与黄克强的辩论中，李去病首先揭露了当局朝廷的无能，认为通过清政府的稳健改良并不能早日实现理想的政治社会："那些当道诸公，更不用讲，对着外国人便下气柔色怡声，好像孝子事父母一般，这样看来，我中国的前途，那里还有复见天日之望么？……你看现在中国衰弱到这般地，岂不都是吃了那政府当道一群民贼的亏吗？现在他们嘴里头讲甚么维新，甚么改革，你问他们知维新改革这两个字是怎么一句话么？他们只要学那窑子相公奉承客人一般，把些外国人当作天帝菩萨、祖宗父母一样供奉，在外国人跟前够得上做个得意的兔子，时髦的倌人，这就算是维新改革第一流人物了……这样的政府，这样的朝廷，还有甚么指望呢？"[1] 其次，李去病高度赞扬了法国人民的革命斗争精神，反驳了黄克强所认为的法国大革命的弊端。他解释道："即如法国大革命的时候，你说他要不革还行得去么？法国革命那里是甚么罗拔士比，甚么罗兰夫人这几个人可以做得来？不过是天演自然的风潮，拿着这几个人做个登场傀儡罢了……那时若不是国王贵族党通款于外国，叫奥、普两国联军带着兵来恫吓胁制，那法国人民何至愤怒失性到这般田地呢？哥哥，你想想，天下那里有家里头吵闹，倒请外边人挟着刀进来干预压制的道理！倘使那时候的法国人不是同心发愤，眼看着把那得到手的自由权依然送掉了。这还不算。却是那国王靠着外国的兵马，将势力恢复转来，少不免是要酬谢的了，外国的势力范围少不免是要侵入的了，岂不是把个历史上轰轰有名的法国，弄成个波兰的样子吗？"[2] 指出暴力革命更有助于推动国家走向正轨，是顺应时代发展趋势的必由之路。李去病对法国人民革命斗争精神的颂扬，表明他期待晚清国民也能挺身而出，为构建理想的现代乌托邦社会而奋斗，展现出他强烈的革命理想主义情怀。最后，李去病非常坚定地指出，只有激烈的革命斗争，

---

[1] 梁启超：《新中国未来记》，广西师范大学出版社，2008，第35~37页。

[2] 梁启超：《新中国未来记》，广西师范大学出版社，2008，第41~42页。

才能挽救民族危亡，建构起全新的民主国家："今日的中国，破坏也破坏，不破坏也要破坏，所分别的，只看是民贼去破坏他，还是乱民去破坏他，还是仁人君子去破坏他。若是仁人君子去做那破坏事业，倒还可以一面破坏，一面建设，或者把中国回转得过来。不然，那些民贼、乱民始终还是要破坏的，那却真不堪设想了。"① 上述三点，都说明李去病认为只有采取革命斗争的方式才能挽救中国，实现自己理想中的乌托邦境界。李去病的政治改革主张，体现了与黄克强截然相反的现代乌托邦社会的建构模式，也展示出晚清乌托邦小说在创作之初，针对如何实现理想的现代民族国家，就暴力革命抑或是和平改良进行的深入思考。黄克强与李去病两位"新人"的思想交锋，也展现了在对乌托邦世界的想象活动中必然经历的矛盾过程。

作为理想的现代社会的开创式人物形象，黄克强和李去病两位"新人"率先出现在晚清小说中，展开对理想的现代民族国家的美好憧憬，既有中国晚清的客观现实原因，也有其思想文化依据。在客观现实方面，当时的晚清政府在帝国主义侵略和内部革命的双重夹击下堕入摇摇欲坠的危险境地，导致晚清知识分子群体的民族危机意识日益加剧。梁启超对此深有感触，他在《爱国论》中提出："甲午以前，吾国之士夫，忧国难，谈国事者，几绝焉。自中东一役，我师败绩，割地偿款，创钜痛深，于是慷慨爱国之士渐起，谋保国之策者，所在多有，非今优于昔也，昔者不自知其为国，今见败于他国，乃始自知其为国也。"② 动荡不安的时局和亟待变革的政权，正好成为晚清乌托邦小说和追求乌托邦理想的"新人"们得以自由发展的一个难得的历史机遇。而在思想文化方面，西方现代乌托邦思潮的不断涌入对传统社会造成了猛烈的冲击，晚清知识分子心中的国家意识开始动摇，原有的文化认同感也开始逐渐崩塌，由此产生了希冀治疗文化自尊创伤

---

① 梁启超：《新中国未来记》，广西师范大学出版社，2008，第56~57页。
② 梁启超：《爱国论》，《梁启超全集》（第一册），北京出版社，1999，第270页。

的情绪。在这样的情况下，晚清知识分子将西方列强的民主政治和强大国力作为他们进行乌托邦想象的重点，以此构建理想的现代民族国家。《新中国未来记》借黄克强、李去病之口，展现了梁启超在选择革命还是改良、共和还是立宪时矛盾的内心活动。小说围绕李、黄二人长达44回合的精彩辩论，最终明晰了构建理想的现代乌托邦社会的有效路径，就是要联合志士、重视教育、壮大民力、广开民智、提升民德，等到民智打开之后，各省施行自治，召开国会，制定宪法，施行君主立宪制度，最后让全体国民能够共享民主共和与自由平等。小说最后以万国和平会议的顺利召开结尾，这种对和平民主的理想世界的追求和憧憬，为后来的乌托邦小说的创作奠定了写作范式。这也是梁启超本人的政治理念在小说中的直接反映，他认为，中国要想走向独立富强，就必须通过立宪制改革，只有宪政才能拉动旧中国走向美好未来的"新中国"。在当时的社会背景下，这样构建理想的"新中国"的方式无疑也充满了乌托邦色彩。晚清知识分子作为活跃于政治生活和公共事务中的先进群体，积极幻想未来民族国家理想的政治模式，为晚清国民们提供了多样的未来中国宏伟蓝图。

《新中国未来记》开创了描绘未来民主自由的"新中国"的书写模式，黄克强与李去病两位"新人"的思想交锋和精彩辩论，也为后来兴起的晚清乌托邦小说明确了主题内涵。在梁启超发表《新中国未来记》之后，晚清小说家继续展开对理想的未来民族国家的想象。例如春帆的《未来世界》、旅生的《痴人说梦记》、蔡元培的《新年梦》、陆士谔的《新中国》等作品，继承梁启超《新中国未来记》的政治主旨，从政治制度改良层面延续了梁启超有关现代民族国家的想象，也促进了晚清乌托邦小说的繁荣。《新中国未来记》是晚清乌托邦小说的开山之作，黄克强、李去病两位"新人"的政体建构和改革措施显然有不够理性的一面，他们所提出的政治理念在晚清社会是非常超前的，充满了对现代理想国家的乌托邦幻想。但是，我们不能忽视黄、李二人是现代理想社会的开拓者，他们身上蕴含的思想价值与文学意义启发大众通过更合理有效的途径来建设未来理想的民族国家，展现了晚清知识分子关于未来中国政治体制的美好向往。晚清具有乌托邦意识的"新人"形象的出现，为其后的晚清小说中关于未来民族国家的想象提供了一定的基础，积累了较好的经验，具有深远的影响。

二　和平的乌托邦世界建设者

在继承《新中国未来记》中对理想的现代民族国家想象的基础上，晚清小说家尝试构想出一个政治昌明、道德高尚的更加和平、自由的乌托邦国度。晚清乌托邦小说所塑造的建设先进祥和的美好世界的"新人"们，展示了晚清时期小说家对"乌托邦"世界更加完善的想象与憧憬。研究分析这些小说中努力建设乌托邦世界的"新人"形象，可以更加清晰地观照晚清知识分子的文化心理及其建构理想世界的大体模式。

《新中国未来记》之后的晚清乌托邦小说构建的未来中国，大多是先进繁荣、领先世界的强盛国家。例如在《未来世界》的末尾，作者写到，通过全体国民同心协力、坚持不懈的奋斗，人们只用了不到三年的时间，就将腐朽落后的旧中国建成了世界上独一无二的超级大国，并秉持和平、共荣的发展理念，展示了着意营造的和平民主的乌托邦境界。而在《新石头记》和《新中国》这两部作品中，和平、文明的乌托邦理想更为明显。譬如《新石头记》中的"新人"子掌就表示："其实我们政府要发下个号令来，吞并各国，不是我说句大话，不消几时，都可以平定了。政府也未尝无此意，只有东方文明老先生不肯。他当了五十年政权，去年告退隐林下。他生平的大愿，是组织成一个真文明国，专和那假文明国反对，等他们看了自愧，跟着我们学那真文明，那就可以不动刀兵，教成一个文明世界了。"① 表达了

---

① 吴趼人：《新石头记》，中州古籍出版社，1986，第 299 页。

"新人"追求和平文明的乌托邦世界的美好希望。

而最能体现晚清知识分子对和平富强的现代乌托邦世界的追求的作品是《痴人说梦记》。在小说的开头，作者叙述了兴国州愚村的村民贾守拙由于被奸邪谄媚之人勒索，十分愤慨，便将自己的儿子贾希仙送到神父举办的学堂学习外语，希望能够仰仗外国人保护自己。然而年仅十几岁却志气高昂的贾希仙以及宁孙谋、魏淡然等几个同学，抗拒受教于外国人，以免滋生奴性心理，决定前往上海求学。小说生动详细地描写了贾希仙离开愚村，因缘际会漂泊至"仙人岛"上的故事。贾希仙本出生在社会底层，非常清楚地了解民间疾苦。他接受了西方现代文明的熏陶，追求西方民主的政治制度。贾希仙来到了"仙人岛"，并成为岛上和平乌托邦世界的建设者。贾希仙在现实社会中广开民智、推进政治改革的各种举措未能成功，却在"仙人岛"上得以实现。"仙人岛"土地肥沃，民风淳朴，岛上主要是自给自足的自然经济，不存在钱币交换的现象，看上去是一个比晚清中国更古老更落后的国度，但也是世界上少有的一片净土。贾希仙上岛以后，首先推行西方现代社会制度，带领原居民开矿、办学、通商，建设生铁厂、熟铁厂、炼钢厂、机器厂，成立警察局和邮政所，招募一批警员来维护治安，保障民生安全。随后，他开展了政治制度层面的改革，推崇民主制度，学习西方国家三权分立的政治改革，讲求公理，让全岛居民均得以接受教育，享有自由平等的国民权利。他施行西方资产阶级的政治制度，作为岛主，自愿成为民众的公仆，热心为全岛居民服务，同时还设立议院，制定宪法，让岛上百姓成为真正的"岛主"。小说叙写了贾希仙将父母亲眷接到仙人岛之后双方的一段对话，体现了作为和平现代的乌托邦世界的建设者贾希仙的政治理念和思想主张。来到仙人岛的稽老古询问贾希仙"岛主"的身份，"希仙道：'这岛里不分什么主合民的，总归公共办事。主也不能一人独主，须要大众商议。住在岛中的人，大家不靠势力，只讲公理。公理不合，随你岛主也不能压制

人的。'老古道:'这般说来,做这岛主有何趣味?'希仙道:'做岛主原
不是讲究有趣的,原是代众人办事的,其名叫做公仆。只为这岛并非一
人的岛,是岛中人民大家有分的岛,既是大家有分的岛,便大家作得来
主。如今岛民的见识,也渐开明了,竟不容一人恣睢欺压他们。只是众
人乱作起主来,横出主意,也办不成事,所以设了一个公处,名为议
院。大家公议了,由我们定其从违。又恐怕岛民的学问没有学好,甚至
害了人家的自由,所以立出宪法,要大众遵守。如今正议此事哩。'老
古道:'怪不得我在家乡时,有位同道中朋友来告我道:"朝廷改了什么
立宪政体,叫南洋大臣议定宪法。"我就不懂这句话。他同我说了半天,
也说的不明不白。如今贤侄又说什么立宪来,究竟是何来历?'希仙道:
'宪法就是公守的法律。只因君主没有压制百姓的道理,所以立这个宪
法出来,大家共守。有立法、行法、司法的三大权。立法是议定法律,
行法是奉行法律,司法是执定这法律。那其间各有权限,不相侵凌
的。'"① 由此可见,贾希仙在仙人岛上的政治改革,也是继承了《新中
国未来记》中黄克强的思想观念,主张稳健的君主立宪制改革,继而逐
渐实现三权分立的共和民主制度。"仙人岛"经过贾希仙的一系列改革,
成功地发展成为一个和平繁荣的现代乌托邦社会,这亦是对《新中国未
来记》中黄克强所憧憬的理想国度的深化与完善。

　　"仙人岛"的改革与发展虽然是想象,但在这种想象的叙事中,
很好地宣扬了民主政治理想。积极构建现代乌托邦世界的"新人"贾
希仙,在踏上"仙人岛"之前,在现实社会中的种种改革都趋于失
败,他体会到现存的社会制度的极大不合理性,因而坚定了塑造全新
的、真正意义上的现代乌托邦国度的理想。"仙人岛"代表着和平、
民主、公正,展示了晚清士人内心理想的乌托邦意境。它将"公"作
为理想社会的道德基础,所有岛上的事务都是由人民做主,将"公"

---

　　① 旅生:《痴人说梦记》,章培恒主编《中国近代小说大系:痴人说梦记·月球殖民地小说·新纪元》,江西人民出版社,1989,第 209 页。

的理念演化到了完美的境地，民主政治与"公"的理念相辅相成，也就达到了理想中的政治境界。贾希仙作为"仙人岛"的建设者，无疑是晚清乌托邦小说中致力于构建和平统一的完美乌托邦世界的"新人"代表，他以国家集体利益为重，推广公正的国民现代权利，是晚清乌托邦小说中的理想国民，也是晚清时期追求现代乌托邦理想的知识分子的精神化身。贾希仙在"仙人岛"上的一系列改革，标志着晚清知识分子已从内心深处摒弃了对传统乐园的向往，而积极地在现代乌托邦精神的引领下展开对现代民主社会的想象与构建。

晚清新小说家对改良群治和"新民"的执着追求，使得小说成为建构理想国民的现代乌托邦的试验场，如同黄克强、贾希仙等具有现代乌托邦色彩的"新人"实施的政治改革，也给晚清时期国家的政治改良规划出了理想的发展路径。但是，着意于宣扬政治思想观念的这类乌托邦小说，也有其明显的局限性：过于偏重政治观念的输出，注重"群"的话语，而忽视了小说人物形象的塑造。从作品本身来看，由于看重群体，忽视个人，小说宣扬的政治理念大大地盖过了人物形象。因而我们在以政治叙事为主的晚清乌托邦小说中所看到的"新人"形象，虽然高大理性，却并非有血有肉、性格鲜明的个体。对于热衷描绘理想的现代乌托邦社会的晚清小说家而言，他们笔下乌托邦"新人"们存在的价值还是被整合进了合群的理想"国民"之中。

第三节　科技兴国的实干家

伴随着"西学东渐"和"小说界革命"的时代潮流进入中国的西方科幻小说，不仅给晚清时期的中国带来了新的小说叙事方式和现代科学知识，也改变了晚清小说家的思维模式，激发起他们创作科幻小说的主动性。西方科幻小说宣扬的崇尚科学主义的观念在晚清社会激

起了不小的反响。科学主义是随着西方实证科学的发展而逐渐形成的
社会思潮，它认为科学是无所不能的，"只要运用科学的方法，人间
的一切问题都能迎刃而解，只要贯彻科学的原则，一个人间天堂就将
不期而至……科学不再是一种有具体的对象、只在特定领域中有效的
知识形态，而是一种放诸四海而皆准的信条体系；不再是一种实证性
的（positive）认知成果，而被转化成一种规范性的（normative）评价
尺度"①。这种观念的涌入使许多晚清知识分子推崇科学，相信科学具
有战无不胜的功能。在晚清乌托邦小说中，科学已经不作为一种知识
体系存在，而演变为一种价值立场，甚至成为作家创作的某种思维方
式。王德威在《被压抑的现代性——晚清小说新论》中指出，"儒
勒·凡尔纳的探险小说和赫伯特·斯宾塞的社会达尔文派文论，都使
中国的文人深受启发"②，认为"萧然郁生的《乌托邦游记》……作者
必定受到西方太空幻想小说的启发"③。晚清时期西方国家的现代科学
思想进入中国，形成了新的社会环境，促使知识分子积极地学习西方先
进的科学技术，也在小说中创作出了以大胆的科学想象为基础的乌托邦
世界，塑造出一批运用科学技术来建构理想文明国度的"新人"形象。

一 "文明境界"中的未来形态

晚清科幻乌托邦小说受到"格致兴国"思想及西方现代科技的影
响，在吸收先进的科学知识的基础上对未来世界展开了大胆的想象。
在诸多科幻乌托邦小说中，小说家借助构建理想的文明现代社会，
"阐明了中国现代化的种种可能与不可能，并由此遐想新的政治愿景

---

① 杨国荣、郁振华：《融入与逸出——实证主义、科学主义思潮评析》，高瑞泉主编《中国近代社会思潮》，上海人民出版社，2007，第 127 页。
② 〔美〕王德威：《被压抑的现代性——晚清小说新论》，宋伟杰译，北京大学出版社，2005，第 309 页。
③ 〔美〕王德威：《被压抑的现代性——晚清小说新论》，宋伟杰译，北京大学出版社，2005，第 310 页。

和国族神话"①。这些乌托邦小说中的理想国民，往往都有科技救国、实业兴邦的宏图大志，对工业、科技、发明创新具有浓厚的兴趣。他们博学多才，但是学习的知识已经不再是传统的科举八股、圣贤文章，而是物理、化学、地理、医学、经济、法律等现代文明。他们致力于将科学技术转化为实际生活中可用的器物，或是制造战争中的各项武器装备，只为建构出独立富强的理想国家。譬如《新中国》中就勾勒出了宪政实行四十年之后的"新中国"的美好景象，此时的"新中国"呈现出一片祥和，国家富足，人民富有，经济发达。小说尤其描写了发生翻天覆地变化的"新上海"的繁荣景象：这时候的浦东得到了较大的发展，工商业兴旺发达；国民都已达到小康水平，国民素质极高；高等教育跨越式发展，南洋公学已有二万六千多学生，中国语言文字成了世界通用语言；中国的海陆空军也是全球第一；等等。这些繁荣昌盛的乌托邦景象都是通过高超的科技力量实现的。

晚清乌托邦小说中科技兴国的楷模，笔者以为应当是《新石头记》中的"文明境界"。吴趼人的《新石头记》，通过描写宝玉的梦境展示了中国进行立宪制改革后的情景。此时的中国已经发展成了理想的"文明境界"，在这个先进的国度里，有许许多多为国家发展贡献科技力量的理想"新人"，有些人物在小说中甚至没有被提及姓名。首先，"文明境界"是科学技术空前发达的科技帝国。"文明境界"大力推动科学技术的不断更新，在各领域都运用了最新的科技成果，大幅提升了"新中国"的科技化与现代化水平。例如在饮食上，东方德通过科技改良食品，"把各种食品，都用化学提出精液来"②，使用科学的调配方案，使食品更加美味、营养、便捷，兼具健体美容、延年益寿的功效。在医学发展方面，有先进的"医学博士"发明了能够验

---

① 〔美〕王德威：《被压抑的现代性——晚清小说新论》，宋伟杰译，北京大学出版社，2005，第292页。

② 吴趼人：《新石头记》，中州古籍出版社，1986，第176页。

骨、髓、血、筋、脏腑、气、脑等总部试验镜,"用一镜经高等医学博士,用化学制成玻璃,再用药水几番制炼,隔着此镜,窥测人身,则血肉筋骨一切不见,独见其性质。性质是文明的,便晶莹为冰雪;是野蛮的,便混浊如烟雾。视其烟雾之浓淡,以别其野蛮之深浅。其有浓黑如墨的,便是不能改良的了"①。病人在治疗过程中不需要服用药物,只需在"受药室"呼吸"药汽"就可以病愈。在交通运输方面,"飞车"在头顶日行万里,无轨电车在脚下来回穿梭,"水鞋"及"潜艇"在水域自由往来,人们能随时随地租赁这些交通运输工具,并且保证绝对安全。在能源和工业发展方面,无论是照明、炉灶还是工业制造,都使用清洁环保的"地火",现代化工厂全部用高效自动化的流水线完成生产。在农业发展方面,科技进步突出,有先进的农业科学家实现了"与天地争功",能人工创造各类天气,农作物能够实现一年四熟,而且还组建了专业的农业公司,农业生产全面实现机械化和集约化。

其次,"文明境界"在诸多科技"新人"的努力下,还具有强大的军事实力。在海军发展上,拥有规模庞大的海底炮艇,能在水上浮潜自如;在空军发展上,拥有世界第一支飞车队,每辆飞车装备无声电机枪炮,时时刻刻都准备对来犯之敌予以重击;在陆军发展上,各部都配备射程远、杀伤力强的神奇电炮,这种高科技尖端武器足以应对来自海、陆、空三方面的敌人。小说叙述宝玉和老少年乘坐配备有高端武器的猎车和猎艇去猎捕稀有生物,进一步展现了"文明境界"高端精良的军事装备,彰显了科技的空前发达,也凸显了科学技术在现代国家发展过程中的重要性。此外,"文明境界"还是个道德高尚的君子国度:通过几代国民对道德素质教育的高度重视,彼时的中国已经成为享有高度精神文明的"真文明国",全体国民无论性别、年龄、阶层,都遵纪守礼,各地均无庙宇、教堂、娼妓以及戏馆,夜不

---

① 吴趼人:《新石头记》,中州古籍出版社,1986,第168页。

闭户，民风淳朴。"文明境界"所有的发明创造都结合了西方的科技之精与东方的和谐之美，这里政治清明、崇尚道德，既不同于西方国家一味追求科技进步而充满暴力掠夺的虚伪野蛮的文明，也不同于中国晚清亦步亦趋模仿西方列强的孱弱腐朽的落后文明，而是一种"真文明"：它是先进、开放的，更是安定、和谐的，这种理想的"文明境界"有利于每个国民的生存与发展。"文明境界"展现了晚清知识分子心目中真正的理想科幻世界。

在"文明境界"，真正的上层人物并不是政治家、军人和商人，而是一心钻研科学技术的科学家。小说中书写的各行各业的科学家人数众多，许多都是一笔带过，而重在展示"文明境界"的先进科技。人物形象相对丰满的有东方家族和华氏家族，这是"文明境界"中备受人们尊崇的两大家族，家族的核心人物东方德、东方法、东方美、华自立等人皆是一心专注研发的科技"新人"。这样一群极富科研精神的科学家，"既有此理想，便能见诸实行"①，刻苦钻研，潜心研究，"文明境界"才能实现空前的科技现代化，遥遥领先于世界各国。其中华必振是"文明境界"科学家群体中的杰出代表，被誉为"科学之父"。小说写到，由于遭遇严冬，"文明境界"中的棉花收成不好，虽然有慈善机构和公益人士筹集善款赈灾，但"争奈棉花没有买处"②。华必振因此寻求解决方案："与其人人而济之，不如设法使天气不寒，岂不更妙。"③ 他大胆设想消除严寒的自然天气的方法，使天气能够随经济发展需要由人为主观控制。华必振不惜用光自己的储蓄、费尽心力，最终成功重塑天气，其"再造天"的精神正是现代科技"新人"敢于创新、勇于实践精神的最高境界。此外，"文明境界"的科学家还认识到科研永无止境的道理，持之以恒地进行技术、方法的改良，

---

① 吴趼人：《新石头记》，中州古籍出版社，1986，第169页。
② 吴趼人：《新石头记》，中州古籍出版社，1986，第171页。
③ 吴趼人：《新石头记》，中州古籍出版社，1986，第171页。

参观学习国外的各种科研器械，以求不断创新。《新石头记》中书写了大量敢于创新、勇于实践、自强不息的科技"新人"，推动"文明境界"科技事业的发展，营造出一个科技型的未来乌托邦强国。作品对现代科技文明的表述富有想象力，反映了中国晚清知识分子学习西方科学的心路历程。晚清时期随着西方进步科技的不断涌入，中国在与西方列强的交战中屡屡失败，有识之士们纷纷主张学习和引进西方国家的科学技术。然而，当时国人对现代科学的无知，使得学习西方科技的路径只能是亦步亦趋，毫无主动权。消极被动地引进、模仿西方科学技术，始终是拾人牙慧，没有突破，唯有依靠国人自主独立研发，才能从根本上打破依赖西方的劣势。所以，吴趼人在《新石头记》中大力提倡科学，其笔下的科技"新人"并不单纯满足于学习、模仿西方的科学技术，而是注重自主创新，以大胆的科学想象和先进的科学技术建构出理想的文明境界。

面对腐败落后的晚清中国，吴趼人始终满怀着文化自信，借助小说创作，呼唤着能够真正带来理想文明的乌托邦世界的"新人"的出现。在晚清科幻乌托邦小说中，《新石头记》对于未来文明社会的想象是颇为丰富和大胆的，它是对理想的社会形态和物质生活所进行的科学幻想，亦是作者精心描绘的一幅资产阶级改良派心目中理想世界的壮阔"蓝图"。借描写"文明境界"中凌驾西方世界的种种科技成就，展现了诸多建设理想乌托邦的科技"新人"形象，鼓舞了晚清广大国民追求自主研发的科技创新精神，呼唤专属于中国的昌明科学体系的早日建立。从这一点来看，《新石头记》中的"文明境界"及未来社会形态，对中国晚清及其后的国家建设都具有深远的影响。

二 理想科技世界想象的巅峰

晚清科幻乌托邦小说中，与研究甚多的《新石头记》相比，《电世界》没有得到应有的关注。《电世界》发表于《小说时报》的创刊号（1909年9月），围绕电学大王黄震球运用现代科技力量推动实业发展的故事，描绘了"科技兴邦"的宏伟蓝图。在小说家的想象中，以电的运用为核心的技术进步不仅使积贫积弱的中国重振国威，还为人类的社会生活带来了方方面面的巨大变化，成就了一个民康物阜的现代乌托邦世界。这部作品在人物塑造、故事情节和思想内容上都较《新石头记》有了更深层次的延伸和扩展，如果说《新石头记》讲述的是"科技强国"的乌托邦理想，那么《电世界》则进一步强调了科学技术对实现乌托邦理想的重要作用，将科技想象发展到了巅峰，并提出了以科学家来治国的大胆设想。电学大王黄震球既能办学兴业、研发技术，又能上阵灭敌、发展经济、领导国家建设，可谓无所不能。小说最后所想象出的先进的乌托邦世界，可以称得上是晚清知识分子对现代民族国家想象的顶点。

《电世界》主要描写了黄震球这样一个"电学大家"，通过自身超强的科技能力带领中国走向世界强国的地位。小说开篇写道，听闻"亚细亚洲中央昆仑山脉结集地方，有名乌托邦者，新出一位电学大家，自从环游地球回国，便倡议要把电力改变世界，成一个大大的电帝国"[①]。这个强大的电力帝国，不仅依靠电能形成了庞大的现代产业，积累了极大的社会财富，而且倚仗"电力"，称霸世界，享有世界霸主的崇高地位。电学大家黄震球初次登台亮相，便发表了一篇震撼人心的演讲，直接诉说了自己的雄心壮志和乌托邦理想："今鄙人立志欲借电力一雪此耻，扫荡旧习，别开生面，造成一个崭新绝对的电世界。说什么统一亚洲，看得五大洲犹一弹丸也，五大洋犹一洼涔也；道什么收回租借权，看得万国的政治布置机关，犹一囊中物也。海陆军不必多，一二人足以制胜全球，直至胜无可胜，败无可败，乃成世界大同和大平等之局。"[②] 在他看来，20世纪的中国仍有许多不足

---

① 高阳氏不才子：《电世界》，《小说时报》1909年第1期。
② 高阳氏不才子：《电世界》，《小说时报》1909年第1期。

和亟待改进的地方，而电力的应用将使得中国成为世界上最强大的国家。因此黄震球创办了帝国大电厂和电学大学堂，大力推广电力技术。他进入南极洲进行开发，在南极开了金矿，使用"空中电车"把采到的金矿运输到伊兰高原建造的金库中，炼造成金币，极大地充实了国家财富。黄震球主张通过电力技术开挖金矿，不只是为了积累国家财富，还体现了他对理想的乌托邦世界的执着情怀。他雇用欧工，予以优厚的工作条件和待遇，使得整个世界"各资本家道德进步，工价加增，工人和商人贫富约略相等"，可见黄震球有意消除贫富差距，实现世界大同。他采掘金矿也不仅仅是为了帮助国家积累社会财富，而是有意以金币本位制的模式促使社会经济可以健康良性地运转，实现社会的普遍平均："只因电力发明，工艺发达，而且农产物比前世纪也增出几千倍之多，所以物产合金钱比例，没有什么相差，那物价便不会十分腾贵……物价不致过高过低，人民便也没有极贫极富，岂非真正大同世界，至治极乐吗？"体现了具有乌托邦精神的科技"新人"对理想世界的终极追求。

在小说第十六回之后，写到此时的中国已经成功统一全世界，建成了大一统的世界帝国。针对陆地上人口过多土地供应不足的问题，黄震球决意扩展疆土，探寻海底世界，为此设计制造了非常坚固，可以自动产生新鲜空气以便长驻海底的电船，使人们能够在海底正常生活。黄震球发明的电船，"船的式样，是椭圆形的玻璃造成的，上面一个气筒，下面两个电机……可以随意浮沉……四周都嵌着极厚的玻璃，前后上下，都有电灯……船员呼出的废气还可以通过分气电力洗刷一新"，因此可以长时间潜行水底。待到海底世界已经利用开发殆尽，黄震球又向更深远处思虑："如今海底里做了殖民地，将来人满起来，连海底一席地都争不着，叫那些人民怎样过活呢？"[1] 黄震球继

---

[1]　高阳氏不才子：《电世界》，《小说时报》1909年第1期。

续潜心钻研，他基于电学知识，创造出电气枪，发明了方便居民出行的空中电车和空气电球，最终乘坐自己发明的空气电球飞向茫茫宇宙，为国民的代代繁衍生存开拓新的空间，体现了黄震球这一"新人"征服宇宙的宏伟理想。

最后，除了运用高超的科学技术为国家和人民取得了丰富的物质条件，黄震球作为理想的乌托邦"新人"，对国民的道德素养也有较高的要求。黄震球在政治理想初步实现之后，由于看不惯百姓生活奢靡，整天吃喝嫖赌，于是他又决定要提高大众的精神追求和道德修养。黄震球苦心钻研，研发出了电光发音机、电光教育画等设备来提升教育水平，继而改良民众的思想素质。他忧虑青年男女的情欲问题，认为不适当的情欲追求是最损害青年人的道德秉性的。因此黄震球还运用科技的力量提出了解决的办法，让正处于青春期的少男少女们到修养院里使用一种"绝欲剂"，它能够让男女间精神上的爱情得以保留，但是消除身体上的欲念，以此避免发生某些不道德的事情。在经过这种"绝欲剂"的治疗之后，国民们一直到五十岁左右才会情窦初开，并且关于肉体的欲望十分淡薄。由于科学的进步，黄震球引领下的中国拥有丰富的物质财富，具有改造自然的强大力量，国民拥有自由选择生活方式的权利，社会道德水平极高，被消除了凡俗情欲的百姓们成为现代乌托邦世界中最理想最具道德的国民。黄震球俨然成了人类的普罗米修斯，一心钻研科技，为建设理想完美的现代民族国家鞠躬尽瘁，在他建设和规划下的中国，展现出人们对于现代乌托邦社会想象的顶峰。

晚清乌托邦小说热衷于将发展军备实力作为发展科技的首要目标，饱含了晚清小说家迫切希望改变国家腐朽落后的现状，期盼国家富强军力强盛的美好愿景。《电世界》展示了"新人"黄震球无比强大的民族自信，他将科技视为强国富民的基础，进而实现对全世界的征服。不可否认，《电世界》中的乌托邦叙事让晚清知识分子关于现代科技世界的想象达到了顶峰，对未来中国的期盼不再局限于自我的强盛，或者不再遭受外国侵略者的欺凌，而是希冀中国在发展成为世界最强盛的国家之后，能够整合全世界的资源，实现自由、文明、平等、高尚的理想世界。基于此，笔者认为《电世界》这一文本可以视为晚清作家对民族未来的最终想象，而电王黄震球，也是晚清乌托邦小说中一个有着雄才大略的难得的科技"新人"。

总体来看，晚清乌托邦小说所塑造的理想社会，是一个文明和谐、富强民主的理想国度，它由受到现代文明教育和道德教化的理想国民组成。在这样一个想象的乌托邦世界中，人人自由平等、道德高尚、文化素质极高，整个社会呈现出文明进步的氛围。譬如萧然郁生所著的《乌托邦游记》描绘的乌托邦，在"飞空艇"里面，船舱没有等级之分，旅客人人平等。《新石头记》也营造了一个类似的乌托邦世界，关于"文明境界"和"自由村"的描绘，也是一派文明新景象。这些乌托邦作品中所刻画的国民无疑是德智体全面发展的完美国民，乌托邦"新人"的诞生，迎合了当时读者的诉求，也是晚清大众渴望英雄出现的结果。类似黄克强、贾希仙这样的理想"新人"形象，虽有过分拔高和夸张之嫌，但是能够有效地激励读者奋发图强，关心民族危亡和国家大事，投身晚清革命事业，为支援国家建设指明方向，具有强大的现实感召力。例如实业家张謇在考取状元后毅然决然舍弃了自身的荣华富贵，辞官后自己创业，希冀通过发展实业救国强国；文人徐卓呆则在留学日本后毅然归国，创办了体操学校。类似这样的理想国民还有很多，他们就像是晚清乌托邦小说中塑造的理想"新人"形象的现实翻版。而晚清科幻乌托邦小说中塑造的兼具科研能力和实践精神的科学家同样促使晚清民众尤其是知识分子大兴务工务实之风，积极学习西方先进的科学技术。尽管人类关于乌托邦的所有描述都来自幻想和虚构，但无论是从政治改革层面还是科技创新层面，晚清乌托邦小说的描述都是颇具现实针对性的。晚清小说家采用想象的形式批判时下陈腐落后的社会制度，通过对"新中国"宏伟蓝图的想象来寄托民族振兴、政体革新的宏伟目标。诚然，晚清时期"当时小说家的兴趣，尽在国富民强、政治改革等宏大题材上，现实的焦灼与改革的热情始终制约着小说对未来的构想"①，一定程度上影响了晚清乌托邦小说叙事的深度。但是，晚清乌托邦小说最深刻的意义并不在于其对现实社会的讽刺或反映，而在于对未来理想民族国家的主观想象。因此，晚清乌托邦小说略显粗糙的想象叙事，并不能掩盖其价值，它们传达了近代中国的深切期望，也代表着近代中国最先进的政治文化思想的精髓。此外，关于现代乌托邦的大胆设想也为晚清国民提供了民族自信心，"它们实事求是地对待人们，并采用人所熟悉的方法。完满地实现他们的理想似乎指日可待。这是一个完全可以实现的过程，从不久以前和当今社会发展出来的过程"②。历史的轨迹印证了晚清乌托邦小说关于理想中国的想象具有积极的意义。《新中国未来记》中暗示中国的维新革命会在 1911 年取得最终的胜利，这与辛亥革命在 1911 年的胜利正好相对应；陆士谔在《新中国》中所展望的黄浦江大桥的搭建、浦东区域的开发，如今都已经变成了现实。事实的印证使我们得以窥见现实与理想、乌托邦与历史发展之间难以割舍的内在联系，这也是晚清乌托邦小说以及其塑造的开拓新世界的"新人"形象的价值与意义。

---

① 杨联芬：《晚清至五四——中国文学现代性的发生》，北京大学出版社，2003，第63页。
② 〔美〕乔·奥·赫茨勒：《乌托邦思想史》，张兆麟译，商务印书馆，1990，第219页。

结　语

　　本书为自己预设的一个基本任务，是对 19 世纪末 20 世纪初的晚清小说中的"新人"形象及其相关问题做一番梳理和初步分析，通过对晚清小说"新人"形象的内涵及特征的具体分析，为继续研究 20 世纪中国现当代文学中具有"新人"形象特质的人物形象做准备，提供一个资料积累和研究框架的提示。本书将晚清小说中的"新人"形象与历史变迁、社会转型结合起来考察，将对文学的理解放置于复杂的社会结构之中。晚清新小说中对于新的理想国民，即"新人"形象的描绘，是一系列政治、文化、思想观念在小说人物塑造上的展现。研究晚清小说中的"新人"形象，有助于重构文学和社会生活的关系，强调文学的社会学意义、价值。

　　晚清是一个极其动荡混乱的时代，外部有西方列强虎视眈眈，内部封建王朝大厦将倾，晚清社会已然没有能让民众信服归心的统一秩序和价值观。晚清是一个处于变迁中的阶段，变迁是为了寻找新的国家秩序，以获得民族和国家新的稳定与平衡。这一社会转型过程对于 20 世纪中国的现代化进程有着十分重要的意义。晚清时期的"新小说"是中国小说转型发展的关键时期，是中国古代小说到五四新文学之间过渡的桥梁。在 19 世纪末 20 世纪初这样一个"文化政治"正在兴起的晚清社会，小说被维新思想家选中用来作为社会改革的重要手段，这一时期小说中对于新的理想国民，即"新人"形象的描绘，是一系列政治、文化议题在小说人物塑造方面的曲折反映。"新人"形象的出现是现代转型的一个重要的标志，"新人"形象有助于我们加深对文学现代化演变发展的认识，是一个颇具价值的研究对象。狭义的"新人"，指的是特定文学史时期的特殊艺术形象。这种"新人"，既是历史和现实的产物，又是作家根据历史规律及其趋向，通过艺术想象再造的"典型人物"。更重要的在于，这些"新人"形象，是作家的审美理想和社会理想辩证统一的结果，具有一定的预言性和理想色彩。其合法性来自历史的合目的性。卢卡奇称这种"新人"形象为"中心人物"或者"时代角色"。在晚清小说的创作中，"新人"这一概念及其话语形态，往往是作为新的"概念工具"和"思想资源"而出现的，它扩展了我们关于"新人"与民族、与国家、与革命、与理想等复杂关系的思考空间，从而为构造现代民族国家所需要的、现代革命所需要的理想"新人"提供了某种思维方式和文学想象方式。自20世纪初始，中国的思想界、文化界就一直有一种呼唤"新人"英雄的冲动，对英雄的期待体现着对现代性的追求。晚清小说中出现的带有现代意味的"新人"形象可谓是这其中的源头，对晚清小说中"新人"形象的研究，有助于对五四小说、"十七年"文学中的"新人"形象的继续深入挖掘。本书以晚清小说中"新人"形象的四大特点为论述框架，通过叙述"新人"形象的含义在晚清社会中的具体表现，对"新人"形象追本溯源，梳理其成长脉络以及与社会变革间的联系，也有助于阐释"新人"形象在不同历史时期以至新时期文学中所代表的不同的文化思想内涵，开阔文学史书写场域，建立起完整的文学"新人"形象谱系。

绪论部分首先对本书的研究对象进行了一个时间上的大致界定，阐述了"晚清"在本书中的具体时间指向，继而对晚清小说"新人"形象的具体内涵以及四个主要特征作了具体界定。第一章以晚清小说中的女性"新人"形象为代表，论述了"新人"形象的独立性特征，以黄绣球、金瑶瑟、沙雪梅、袁贞娘等新女性为代表的"新人"们开始冲破封建传统的桎梏，产生独立的个人观念，继而投身于挽救民族危亡和社会改良运动之中。此后，在晚清"新人"的独立性初露头角之后，经过新文化运动、五四运动的洗礼，进一步深化和具体，在20世纪30年代的现代文学中，也出现了一批追求自由独立的"离家出走者"，如巴金的《新生》《家》《春》《秋》，蒋光慈的《咆哮了的土地》等作品中的主人公，这些独立的"新人"们延续从晚清小说中继承下来的独立自强的意识，从封建旧家庭中破门而出，将旧道德旧人格摈弃掉，追求独立自主、自由平等以及自身个性发展，积极构筑起自己的新道德和新人格，延续着晚清小说中独立"新人"的性格特质与文化内涵。第二章对晚清小说"新人"形象的主体性进行了论述。晚清时期近代国家观念形成，国家主权意识兴起，民众的社会身份由"臣民"逐渐向"国民"过渡，由奴性思维向主体意识转变。从"天下"到"国家"，从"中心"到"边缘"，从"自尊"到"自卑"，这是走向现代化的心理基础，也是个人主体性得以萌发的社会根源。"新人"的主体性体现在对国家、对整个民族未来走向的主动思考与具体行动上，对社会发展、政治制度和民族国家的建设都有自觉的思考和建议。经过晚清文学的前期积淀，经历了五四运动、左翼革命运动等时代变革之后的中国现代文学，"新人"形象的主体性也有了很大的发展。五四时期文学中的"新人"，其主体性主要表现在个体意识的觉醒和对自由、理想的向往，在政治层面上由"国民"思想逐渐转变为现代"公民"意识，在情感方面更是主动大胆地去追求自己的爱情，如巴金的《家》当中的高觉慧，老舍《四世同堂》中的祁瑞全等人物，皆是对晚清小说"新人"形象的延伸与发展。第三章主要论述在晚清动荡不安的社会环境下，"新人"形象的民族性特征的具体表现。在不断的战乱纷争和外来民族侵略的压迫过程中，晚清"新人"们开始对自己本民族的现状有一个清醒的认识,具备了对中华民族的强烈情感,继而展现出爱国救亡的民族性特点。承接晚清种族革命小说中的民族性内涵,同样是为民族独立而战,五四时期的革命"新人"以改革社会国家,打倒帝国主义为斗争目标,譬如《药》中的革命志士夏瑜、《冲出云围的月亮》中的王曼英等,皆是晚清"新人"形象民族性特质的延续。第四章阐述了晚清小说中"新人"形象的乌托邦理想色彩。无论是从政治改革层面还是科技救国层面,都展现出"新人"在追求具有乌托邦理念或精神的人间理想社会时的美好愿景。通过想象理想的民族国家,激发独立自主的国民意识,唤醒民众的爱国热情,引领他们参与到政治改革的社会活动之中,这是很多追求启蒙的晚清知识分子的强烈要求。观照现代小说的创作,亦有许多作品继承了晚清乌托邦小说的叙事手法和人物脸谱,例如徐讦的《荒谬的英法海峡》、老舍的《猫城记》,其人物塑造都延续了晚清乌托邦小说中的"新人"形象的特质,也是以"游历者"的形象出现,继而进入理想的乌托邦世界,表达对未来美好世界的向往。综上所述,在20世纪的中国,晚清小说中的"新人"形象影响并参与了中国知识分子有关民族国家未来发展的宏大想象,无论是五四小说中狂飙突进的"新人",抑或是"十七年"小说中的"新人",都或多或少地继承了晚清小说中"新人"形象的传统与特质。晚清小说中的"新人"形象,是中国文学由传统过渡到现代的重要表现之一,对现代和当代小说中有关"新人"形象的书写具有重要的启迪意义。

纵观文学发展史,每一个历史时期,文学艺术家都在创造着众多的独特艺术形象,塑造着特性各异的"新人"。这些"新人"形象有着特殊但共通的性质。第一,他们不囿于人物性格的特殊性,或者说不局限于人物性格中的偶然性因素,而是将这种偶然性提升到必然性的高度,从而显示出"新人"的引导性特征,由此体现出他的"前瞻性"或者"革新精神"。第二,"新人"形象与社会环境和现实存在之间，有着密切的关联性，人物形象与时代重大问题和时代风尚之间，有着相互阐释的可能性，"新人"即是时代的"传声筒"。这种人物的"典型性"，与其说属于自己，不如说属于时代、属于他人、属于社会、属于历史，由此体现出"新人"的"时代色彩"。第三，"新人"与其说是属于现在这个时代的，不如说是属于未来的。他饱含着对未来的美好信念的想象力，以及试图将想象变成现实的勇气，由此体现出"新人"形象的乌托邦色彩和作家的理想情怀。回顾一百多年来的中国文学，在晚清小说之后，我们在现代文学与当代文学中同样见到了许多的"新人"形象。在现代小说中，叛逆的"出走新人"如高觉慧（巴金《家》）、蒋纯祖（路翎《财主底儿女们》），激进的"革命新人"李杰（蒋光慈《咆哮了的土地》），独特的民族资本家"新人"吴荪甫（茅盾《子夜》），他们都不同程度地延续了晚清小说"新人"形象的独立性、主体性和民族性等特质。当代小说中亦有不少关于"新人"形象的论述，显示出一种可喜的"新人叙事"。譬如曹双羊（关仁山《麦河》）、张展（孙惠芬《寻找张展》）、朱灵境（笛安《景恒街》）、陈金芳（石一枫《世间已无陈金芳》），他们或许是问题人物，或许还在探求的中途，或许还有诸多迷惘之处，但无论如何，这些文学作品中的"新人"依然是我们这个时代问题的承载者和求索者。

本书的创新之处主要体现在以下四个方面。第一，以小说中的人物形象为视角切入中国近代文学与文化，提出了有关晚清小说人物形象中的"新人"这一概念，适当开拓了晚清小说研究的深度和广度。第二，以历史的、动态的眼光观照晚清文学中"新人"形象的丰富含义，体现出跨学科的研究特点。本书将晚清文学作品中的"新人"形象与历史变迁、社会转型结合起来考察，通过阐释其不同的文化内涵，表现其中存在的异质性和连贯性，从而将晚清小说作品放到历史中进行普遍的、关联性的研究，还原政治、社会改造在具体实践过程中的有效感知经验，展现出晚清社会文化语境的变化。本书以晚清为分析时段，同时注意晚清与五四、与现当代文学之间的历史关联，注重文学与文化传统的内在连续性与异质性，有助于开阔研究视野，较之单纯从文学和意识形态角度研究小说中的"新人"形象，更加具有历史深度。第三，有助于推动"新人"形象研究在现当代小说研究中的发展。"新人"体现了新型文化的塑造，展现的是一个文化再造的过程，对文学"新人"的渴求实则体现着在转型中的社会对理想人格的诚挚期盼。如上所述，近几年来当代小说中也出现了不少"新人"形象，不只文学创作经验丰富的老作家，许多逐渐崛起的中青年作家也纷纷开始"新"人物形象的塑造。本书对晚清"新人"形象的历史梳理，将起到追本溯源的作用，通过系统地分析晚清小说中"新人"形象的含义与特质，梳理其成长脉络与社会变革间的联系，也有助于后续继续阐释"新人"形象在五四时期、"十七年"文学时期以至新时期文学中所代表的不同的思想文化内涵，进而建构起一个完整的文学"新人"的形象谱系，具有重要的文学史意义。第四，有助于引导当下青年文化健康发展，塑造具有正确世界观、人生观、价值观，具备良好独立性、主体性和责任感的"时代新人"。

在对晚清小说的具体文本进行阅读和分析的过程中，笔者同时也在思考一个问题：晚清文本是否能给我们展现出真实的历史呢？晚清小说确实给今天的我们留下了大量社会学历史学等方面的资料，保留了很多来自晚清文学现场的报道，但小说不等于历史，小说中塑造出的"新人"形象不等同于晚清时期真实的人物本身。在这方面，已有的近代史研究、近代晚清社会风俗研究、近代革命运动研究等大量文献，提供了较为丰富的史料作为参照。笔者在该书写作过程中，常常利用这些研究史料，试图去理解晚清文学与真实历史之间的差距，试图去思考在哪些地方，晚清的小说作家张开了他们想象的翅膀，跨越时代的障碍，从而在创作中到达他们理想的彼岸。"新人"形象的塑造无疑是带有晚清小说家的想象成分的，但更为重要的是，我们可以通过这些人物的描述,分析并探寻出晚清时代社会各阶层的政治文化诉求,管中窥豹,可见一斑。通过比照文学和历史之间的些许差异,可以大概反映出文学的想象离真实的历史有多远。晚清小说作为社会大变革转型时代的文学,体现出了突出的过渡时期的特点。恰如梁启超在《新中国未来记》中的一段议论:"据兄弟看来,天下的政策没有一件不是用来过渡的,只要能将这个时代渡进别一个更好的时代,就算是好政策。这好歹两个字,是断断不能呆板说定的,总以和当日的时代相应不相应为凭。"① 晚清小说衔接着中国古典小说与现代小说,以过渡为特色,也以过渡自渡,其文学价值与史料价值,又岂是"好歹"二字能够"呆板说定"的。同样,晚清小说中的"新人"形象,是中国文学由传统过渡到现代的重要表现之一,它为现代和当代小说中有关"新人"形象的书写,提供了想象的起点。借讨论晚清小说中的"新人",也扩展了笔者继续思考现当代小说中"新人"形象的文学想象空间。

---

① 梁启超:《新中国未来记》,广西师范大学出版社,2008,第41页。

参考文献

阿英：《晚清小说史》，江苏文艺出版社，2009。

程文超：《1903：前夜的涌动》，山东教育出版社，1998。

陈平原：《中国现代小说的起点——清末民初小说研究》，北京大学出版社，2005。

陈平原、夏晓虹编《二十世纪中国小说理论资料（1897—1916）》（第一卷），北京大学出版社，1989。

陈平原、王德威、商伟编《晚明与晚清：历史传承与文化创新》，湖北教育出版社，2002。

陈平原：《二十世纪中国小说史（1897—1916）》，北京大学出版社，1985。

陈平原：《中国小说叙事模式的转变》，北京大学出版社，2003。

陈映芳：《"青年"与中国的社会变迁》，社会科学文献出版社，2007。

陈永森：《告别臣民的尝试——清末民初的公民意识与公民行为》，中国人民大学出版社，2004。

陈子展：《中国近代文学之变迁：最近三十年中国文学史》，上海古籍出版社，2000。

杜慧敏：《晚清主要小说期刊译作研究（1901—1911）》，上海世纪出版集团，2007。

范伯群：《多元共生的中国文学的现代化历程》，复旦大学出版
　　社，2009。

范伯群主编《中国近现代通俗文学史》，江苏教育出版社，2010。

高楠、王纯菲：《中国文学跨世纪发展研究》，人民文学出版
　　社，2008。

龚鹏程：《中国小说史论》，北京大学出版社，2008。

郭洪雷：《中国小说修辞模式的嬗变——从宋元话本到五四小
　　说》，上海三联书店，2008。

郭延礼：《近代西学与中国文学》，百花洲文艺出版社，2000。

郭延礼：《中国前现代文学的转型》，山东大学出版社，2005。

顾祖钊、郭淑云：《中西文艺理论融合的尝试——兼及中国古代文论
　　的现代转换研究》，人民文学出版社，2005。

韩进廉：《中国小说美学史》，河北大学出版社，2004。

郝明工：《人道主义与二十世纪的中国文论》，中国社会科学出版
　　社，2005。

胡怀琛：《中国小说研究》，中国书籍出版社，2006。

胡适：《白话文学史》，上海古籍出版社，1999。

康有为：《康有为政论集》，中华书局，1981。

鲁迅：《中国小说史略》，中华书局，2010。

李衍柱：《经典文本与文艺学范畴研究》，暨南大学出版社，2002。

梁启超：《中国近三百年学术史》，中国社会科学出版社，2008。

梁启超：《饮冰室合集》，中华书局，1989。

梁启超：《梁启超全集》，北京出版社，1999。

刘剑梅：《革命与情爱——二十世纪中国小说史中的女性身体与
　　主题重述》，上海三联书店，2009。

罗晓静：《"个人"视野中的晚清至五四小说——论现代个人观念

与中国文学的现代转型》，中国社会科学出版社，2012。

李杨：《50—70年代中国文学经典再解读》，山东教育出版社，2006。

孟悦、戴锦华：《浮出历史地表——现代妇女文学研究》，中国人民大学出版社，2004。

钱理群：《1948——天地玄黄》，山东教育出版社，1998。

单正平：《晚清民族主义与文学转型》，人民出版社，2006。

唐小兵编《再解读——大众文艺与意识形态》，北京大学出版社，2007。

王尔敏：《中国近代文运之升降》，中华书局，2011。

王一川：《中国现代卡里斯马典型——二十世纪小说人物的修辞论阐释》，云南人民出版社，1994。

吴泽泉：《中国近代小说观念研究》，中国社会科学出版社，2014。

夏晓虹：《晚清女性与近代中国》，北京大学出版社，2004。

杨联芬：《晚清至五四——中国文学现代性的发生》，北京大学出版社，2003。

袁进：《中国文学观念的近代变革》，上海社会科学院出版社，1996。

袁进：《中国小说的近代变革》，中国社会科学出版社，1992。

杨义：《文化冲突与审美选择》，人民文学出版社，1988。

杨义等著《中国新文学图志》，人民文学出版社，1997。

朱东润：《中国文学批评史大纲》，上海古籍出版社，2001。

张灏：《幽暗意识与民主传统》，新星出版社，2006。

周作人：《中国新文学的源流》，江苏文艺出版社，2007。

张灏：《危机中的中国知识分子——寻求秩序与意义》，高力克、王跃译，新星出版社，2006。

〔澳〕罗·霍尔顿：《全球化与民族国家》，倪峰译，世界知识出版社，2006。

〔德〕卡尔·曼海姆:《意识形态与乌托邦》,黎鸣、李书崇译,商务印书馆,2000。

〔法〕吉尔·德拉诺瓦:《民族与民族主义——理论基础与历史经验》,郑文彬、洪晖译,生活·读书·新知三联书店,2005。

〔捷〕雅罗斯拉夫·普实克:《普实克中国现代文学论文集》,李燕乔等译,湖南文艺出版社,1987。

〔美〕费正清、刘广京编《剑桥中国晚清史》,中国社会科学出版社,1985。

〔美〕费正清、〔美〕赖肖尔:《中国——传统与变革》,陈仲丹、潘兴明、庞朝阳译,江苏人民出版社,1996。

〔美〕韩南:《中国近代小说的兴起》,徐侠译,上海教育出版社,2010。

〔美〕王德威:《被压抑的现代性——晚清小说新论》,宋伟杰译,北京大学出版社,2005。

〔美〕本尼迪克特·安德森:《想象的共同体——民族主义的起源与散布》,吴叡人译,上海世纪出版集团,2005。

〔美〕丁韪良:《花甲记忆——一位美国传教士眼中的晚清帝国》,沈弘、恽文捷、郝田虎译,广西师范大学出版社,2004。

〔美〕杜赞奇:《从民族国家拯救历史——民族主义话语与中国现代史研究》,王宪明译,社会科学文献出版社,2003。

〔美〕罗兰·斯特龙伯格:《西方现代思想史》,刘北成、赵国新译,中央编译出版社,2005。

〔美〕海登·怀特:《后现代历史叙事学》,陈永国、张万娟译,中国社会科学出版社,2003。

〔美〕柯文:《在中国发现历史——中国中心观在美国的兴起》,林同奇译,中华书局,2002。

〔美〕约瑟夫·阿·勒文森:《梁启超与中国近代思想》,刘伟、刘丽译，四川人民出版社，1986。

〔美〕任达：《新政革命与日本：中国，1898—1912》，李仲贤译，江苏人民出版社，2006。

〔美〕史扶邻：《孙中山与中国革命的起源》，丘权政、符致兴译，中国社会科学出版社，1981。

〔美〕托马斯·库恩：《科学革命的结构》，金吾伦、胡新和译，北京大学出版社，2003。

〔美〕王国斌：《转变的中国：历史变迁与欧洲经验的局限》，李伯重、连玲玲译，江苏人民出版社，2008。

〔美〕周蕾：《妇女与中国现代性——西方与东方之间的阅读政治》，蔡青松译，上海三联书店，2008。

〔美〕周锡瑞：《义和团运动的起源》，张俊义、王栋译，江苏人民出版社，1998。

〔美〕周锡瑞：《改良与革命——辛亥革命在两湖》，杨慎之译，中华书局，1982。

〔日〕佐藤慎一：《近代中国的知识分子与文明》，刘岳兵译，江苏人民出版社，2006。

〔日〕樽本照雄：《清末小说研究集稿》，陈薇监译，齐鲁书社，2006。

〔英〕埃里克·霍布斯鲍姆：《民族与民族主义》，李金梅译，上海人民出版社，2000。

〔英〕冯客：《近代中国之种族观念》，杨立华译，江苏人民出版社，1999。

〔英〕柯林伍德：《历史的观念》，何兆武、张文杰译，中国社会科学出版社，1986。

图书在版编目（CIP）数据

晚清小说"新人"形象研究／方越著. －－ 北京：
社会科学文献出版社，2024.1
　ISBN 978 - 7 - 5228 - 2918 - 0

　Ⅰ.①晚…　Ⅱ.①方…　Ⅲ.①古典小说－小说研究－
中国－清后期　Ⅳ.①I207.41

　中国国家版本馆 CIP 数据核字（2023）第 236039 号

晚清小说"新人"形象研究

著　　者／方　越

出 版 人／冀祥德
组稿编辑／李建廷
责任编辑／杜文婕
责任印制／王京美

出　　版／社会科学文献出版社·人文分社（010）59367215
　　　　　地址：北京市北三环中路甲 29 号院华龙大厦　邮编：100029
　　　　　网址：www.ssap.com.cn
发　　行／社会科学文献出版社（010）59367028
印　　装／三河市东方印刷有限公司

规　　格／开　本：787mm × 1092mm　1/16
　　　　　印　张：11.5　字　数：152 千字
版　　次／2024 年 1 月第 1 版　2024 年 1 月第 1 次印刷
书　　号／ISBN 978 - 7 - 5228 - 2918 - 0
定　　价／128.00 元

读者服务电话：4008918866